中国科幻精品屋系列⑩ 　　　　　　金　涛　总策划

宇宙病毒

饶忠华　主编

科学普及出版社
·北　京·

图书在版编目（CIP）数据

宇宙病毒／饶忠华主编．—北京：科学普及出版社，2018.3
（中国科幻精品屋系列）
ISBN 978-7-110-09303-0

Ⅰ．①宇… Ⅱ．①饶… Ⅲ．①科学幻想小说－小说集－中
国－当代 Ⅳ．① I247.7

中国版本图书馆 CIP 数据核字（2016）第 026662 号

策划编辑	徐扬科	
责任编辑	许　倩	
装帧设计	青鸟意讯艺术设计	
插　　图	范国静　赵连花　郭　芳　刘小匣　刘　正	
责任校对	杨京华	
责任印制	徐　飞	

出　　版	科学普及出版社
发　　行	中国科学技术出版社发行部
地　　址	北京市海淀区中关村南大街 16 号
邮　　编	100081
发行电话	010-63583170
传　　真	010-62173081
网　　址	http://www.cspbooks.com.cn

开　　本	710mm×1000mm　1/16
字　　数	180 千字
印　　张	13.25
版　　次	2018 年 3 月第 1 版
印　　次	2018 年 3 月第 1 次印刷
印　　刷	北京盛通印刷股份有限公司

书　　号	ISBN 978-7-110-09303-0/I・458
定　　价	35.00 元

序

世界上有很多人会做奇怪的梦，他们的梦又奇妙，又好玩。

在梦中，他们乘坐宇宙飞船，冲出大气层，飞上月球，飞向遥远的星座，甚至在银河的小行星上盖了房子，建了许多工厂和雄伟的城市。但是他们很快遇到了麻烦，宇宙大爆炸的冲击波毁灭了他们的家园，于是劫后的幸存者驾着飞船，成为孤独的漂泊者。

在梦中，他们像鱼儿一样潜入海洋，在深深的海底开采矿床，建造海底城市，也建成了海军基地和强大的舰队。正当他们雄心勃勃地扩张地盘、争夺海底富饶的钻石矿时，一场可怕的大地震爆发了，于是山崩地裂，海水沸腾，谁能逃过这场浩劫呢？

在梦中，他们进入了很深的地底下，居然发现地球内部还有一个世外"桃花源"，芳草鲜美，落英缤纷。那里的人像袋鼠一样跳跃走路，住在黑暗的洞穴里，有嘴却不会说话，只能用双手比画几下进行对话，如同人类聋哑人的"手语"，据说这是在地层高压下长期进化的结果。遗传学家考察后发现，这些地底下的聋哑人竟然和我们有相同的基因。

在梦中，机器人部队排成战列，每个机器人士兵都拿着激光枪和锋利的光子匕首，向着古老的城堡发起进攻，那是外星人盘踞的城堡，他们也不甘示弱，从城堡的枪眼里喷出的高温毒液，形成一片炽热的火海……

当然，还有很多梦，既稀奇又令人兴奋。比如：许多可怕的至今无法治愈的疾病，终于找到了特效药；分子型的微型机器人医生从血管、从食道进入人体的内脏，清除病灶、消灭隐患，创造了一个个生命奇迹。

还有很多很多，都是科学技术的新发明带来的惊人变化、创造的一个个人间奇迹，不用一一列举了。

这些梦，看似异想天开、玄妙荒诞，却也令人震撼、趣味无穷，它们写成小说就是科学幻想小说（也称科学小说），拍成电影就是脍炙人口的科幻电影。我相信，这是你们最喜欢的。

摆在你们面前的这部"中国科幻精品屋系列"，就是我国100多年来科幻小说的集中展示.它是由几代科幻作家，在不同历史时期，伴随科学技术的进步而创作的，也从一个层面反映了科幻小说家对于科学技术发明的殷切期望和美好向往。这里面多是描写科学技术的进步给人类带来的福祉，也有对科学技术成果滥用的忧虑。

这套书有一个很突出的特点：2000多篇作品，2000多个故事，时间跨度100多年，是按时间顺序编排的。阿拉伯文学中的经典作品叫作《一千零一夜》，这套"中国科幻精品屋系列"可以称作中国科幻的"一千零一夜"了。

这种分类方法一个很突出的特点，是可以很清晰地看到，中国科幻小说的题材与现当代科学技术的发明和传播相互之间密不可分的关系。这也说明，科幻小说尽管是幻想的文学，但它仍然植根于现实的大地之上。

我还想再补充一点，阅读科幻小说（以及看科幻电影），最大的收获不仅仅是长知识，而是增强你的想象力，这是训练一个人创造力的重要途径。"想象力比知识更重要"，这个观念已经被无数事实证明是有道理的。这方面的体验，只有通过阅读，不间断的、广泛的阅读，才能领会。

最后，我要感谢丛书主编饶忠华兄，并且特别感谢多年来支持丛书出版的科学普及出版社以及为此付出辛勤劳动的编辑们。

金 涛

2017年10月20日

目 录

致作者

    1997年起此套丛书在我社陆续出版，由于年代久远，有些文章作者的署名及联络方式已无从查考，故烦请相关作者与我们联系，我们将妥善解决署名及稿费事宜。

金 珊 瑚

黄胜利

台湾回归祖国后，来往于海峡两岸的旅游者与日俱增。民航最大限度地增加航班，仍远远不能满足需要。为解决交通问题，科委召集各方专家商讨大计。

两天过去了，仍未找到理想的方案。第三天，年轻的海洋生物学家乔敏提出利用珊瑚修造海底隧道。她解释说："众所周知，珊瑚是珊瑚虫群体死后遗留下来的骨骼。珊瑚虫虽小，但有极强的繁殖能力，它们不断分裂，不断死亡，留下的骨骼——珊瑚越积越多。如果把万里长城、埃及金字塔、科隆大教堂等全世界所有的人工建筑加在一起，在重量上也不过比一个大型的珊瑚礁重一点点。"专家们经过反复论证，认为这个方案构想新奇，切实可行。于是政府决定采纳乔敏的建议。

在台湾海峡修造海底隧道，工程规模浩大，并且施工时间十分紧迫，因为珊瑚虫生长情况特殊，工程必须在当年完成。一开春，海底掘进机就开进海底，在台湾岛和大陆之间挖出一条海底壕沟，大批用特殊材料做成的轻型拱架装配在壕沟中。

早在地基开掘之前，乔敏就采集到大量的适合台湾海峡特定环境的优势物种：金珊瑚。水产所的工作人员在实验室中将珊瑚卵培育成珊瑚虫，然后投放到海底壕沟中的拱架上。几个月后，拱架上已长满珊瑚，显得臃肿不堪。大型运输机沿着标志播撒蛎壳粉，蛎壳粉中含有大量硫酸钙，是珊瑚生长所必需的物质。

仲夏，台中浅滩的珊瑚隧道生长完成。然而，在水深80米的澎湖盆地，珊瑚生长异常缓慢，令人焦急。秋季一旦降临，海水流向改变，长江的淡水将使这里海水的盐度大大降低，珊瑚将停止生长。更严重的是，长江携来的泥沙会填覆作业壕沟，未发育的珊瑚体将面临死亡的威胁。

乔敏始终坚守在监测船上。她最后下决心使用短效生长激素，这种激素会给生态环境带来一定的负面影响，但为了确保隧道工程如期竣工，也只能这么做了。于是，珊瑚开始加速生长，终于在计划时间内构筑完成隧道体。最后一道工序是被覆外壳，海底工程车开进隧道，用防水固化剂喷涂在内外壁上，隧道粗糙的外表顿时变得异常光滑坚厚。

10月4日，金珊瑚隧道建成通车了。这是中华民族统一富强的见证。

《科学文艺》，1983年第2期，庄秀福改编

X1号

嵇 鸿

这是一个荒无人烟的小岛。

小李终于醒来了。他记起，他们的船是在快要到达目的地的时候遇上风暴出事的。他睁开双眼，看见小张躺在旁边，也渐渐恢复了意识。小李说："小张，咱们还活着，可是老陈……"

"你放心，老陈经验丰富，不会有事的。咱们去找他，顺便找点水喝。"小张安慰小李说。

两人昏迷了很久，此时已是口渴难耐。他们摇摇晃晃站了起来，吃力地往前走，走遍了大半个岛屿，没有找到一滴水。他们实在太累了，只得闭目躺在沙滩上。

不知过了多久，两人听到有人在呼唤，睁眼一看，见是老陈，手里拎着一只塑料袋，里面装满了水。老陈把塑料袋递给小李，小

李喝了几口，又把袋子递给小张，小张也痛快地喝了起来。几口水下肚，两人就有了精神，忙不迭地打听这水的来历。

小李和小张刚从大学毕业，来给老陈当助手，他们当然还不了解老陈多年来的研究工作。老陈从普通绿色植物中提炼出一种物质——X1号，一大桶海水中放进一点点X1号，就会立刻结冰，由于晶体结构的内在要求，纯水从中分离出来，而溶解于海水中的盐类大多被排斥在外，海水就变成了可饮用的淡水。在这次出海时，老陈随身带了一小瓶X1号，才制成了这袋淡水。

这时候，一架直升机在岛上降落。原来研究所发现老陈他们三人的船失事，就派直升机来营救他们了。

《少年科学》，1983年第2期，庄秀福改编

老船长的苦恼和喜悦

姜丹松

胜利号轮船停泊在码头上。老船长凝视着它，不久前一件不愉快的事在他的脑海里浮现——

那是在从非洲回国途中，胜利号停靠在新加坡港，受到当地居民的热烈欢迎。老船长接待了许多参观者，向他们介绍船上的各种先进设备，受到许多外国海员的称赞。当时，有个外国船长说："船上的设备都是一流的，无可挑剔。但遗憾的是，船身的油漆已是七零八落……"强烈的民族自尊心，使老船长的内心久久不能平静。是啊，要是船身能漆一种永不脱落的油漆，那该多好啊！

胜利号一回到国内，老船长马上打报告申请油漆船身。上级当即批准，并告诉他，这次是化工研究所承包施工任务，施工快，并且质量好。三天后，老船长上船检查，他被眼前的一切深深震撼

了，化工研究所只花了三天时间，就把这艘30万吨巨轮打扮得焕然一新，仿佛是刚出厂的新船。老船长看完后，自忖道："美中不足的是，船身是蓝色的，色调太深……"但他马上又觉得这种想法可笑："轮船还要到寒带航行呢，总不能要求它能随温变色吧。"

胜利号又要起锚远航了。临开船时，来了一个男青年，老船长看完介绍信，得知他是化工研究所派来的船舶观察员，名叫黄凯。老船长对他表示欢迎。黄凯在船上每天按时用比色器观察船舶油漆的颜色，并记录当时的气温。

一个炎热的早晨，胜利号在北纬2度航行。老船长写完航行日记，走出船长室，他发现船的颜色变浅了，船舱是乳白色的，栏杆是奶黄色的……老船长找到黄凯，忙问这是怎么回事？黄凯说：

"这次给胜利号漆的是我们研制的一种新型油漆，里面加了固定素，它的粒子能均匀进入铁板内部结构，所以永不脱落。更重要的是，我们在油漆中加了变色剂，使它能随气温的变化而改变颜色：在热带航行时颜色变浅；在寒带航行时颜色变深。"老船长高兴极了，他握着黄凯的手，连声说："谢谢，谢谢你们。"他心想，下次再见到那位外国船长，一定要让他好好看看。

《少年科学》，1983年第4期，庄秀福改编

地球，我回来了

李谟渊

北京一号星际飞船的登陆舱在金星表面安全降落，登陆舱里共有忻伟强等4名宇航员。再过几天，北京二号飞船将载着有关设备来到金星，建立金星一号考察站。

突然，他们发现与轨道舱的联络中断，于是忻伟强乘着救生小飞船去检修轨道舱。

在同步轨道上，他找到了轨道舱，把小飞船与轨道舱锁定在一起，然后准备走出小飞船。

不料，这时一颗小流星击中了小飞船与轨道舱之间的对接闭锁，小飞船离开了轨道舱慢慢地远去，消失在茫茫太空中。失去控制的小飞船像一叶孤舟，在无边的太空中漂流。

出事后，忻伟强在一种昏沉、朦胧的状态中度过了最初的几天。孤零零一个人，离开了熟悉、热爱和习惯了的一切，像鲁滨孙一样无援和绝望……忻伟强竭力抗拒着孤独的侵袭，决心活下去。

他对小飞船进行了仔细地检查。飞船并没受到致命的损伤，所有仪器设备和发动机完好无损，只是几乎没有什么燃料了。现在飞

船正在复杂的引力作用下，向太阳系外的方向飞去。而飞船内的叶绿素生态循环系统，最多还可以维持他一年的生活。忻伟强找到了几本记录册，开始把他所遇到的一切记录下来。

10个多月过去了，飞船穿过了木星和土星的轨道，向天王星飞去。如果不采取措施，飞船将穿过海王星和冥王星的轨道，径直向太阳系边际飞去。

忻伟强孤注一掷，用仅剩的一点燃料迫使飞船进入了天王星轨道，于是飞船成了天王星的一颗小卫星。在天王星的轨道上，他发现了天王星的许多秘密。记录册里的资料一天天丰富起来，但飞船里的氧气却一直在减少，他的呼吸越来越困难，终于有一天他失去了知觉。

不知过了多久，忻伟强从昏迷中苏醒过来。他睁开双眼，发现自己躺在一间半圆形的，空荡荡的小屋里。他意识到自己已经获救，但"恩人"是谁呢？

过了一会儿，来了两个"人"，除了淡红色的皮肤，两只分得很开的狭长的眼睛，以及细长得有点不相称的双腿外，他们跟地球人简直没有什么区别。

一个外星人用英语问他话，忻伟强简直被惊呆了。后来通过交谈，忻伟强知道他们来自一颗叫苛鲁里的星球。忻伟强在陌生飞船上的生活开始了。

几天以后，飞船离开了天王星，靠着强大的光子火箭，向金星飞去。在以后几个月的旅途中，这两位热情的外星人向他详细地介绍了苛鲁里星球，那儿的社会、人和大自然，那儿的种种科学奇迹，还有许多他不懂的东西。

经过9个月的飞行，忻伟强终于告别了苛鲁里星球的朋友，乘着经过修复和改进的救生小飞船飞到了金星，见到了久违的同事，最后返回了地球。

《科学文艺》，1983年第1期，庄秀福改编

ST-03的秘密

林树仁

"C市实验渔场研究成功了一项淡水鱼养殖新技术。在渔场常规养殖条件下，亩产成鱼5吨。"《S日报》这条消息对我这个分管采访渔业系统的新华社记者来说，具有无法抗拒的吸引力！更何况C市是我的故乡，半年未曾联系的未婚妻王荣梅就在C市工作。

为申报采访计划，我立即去找王主任，不料他第一句话便是："安排你后天一早乘1302航班去C市采访。采访对象是C市实验渔场。"这真是不谋而合。

6日早晨我到了C市。当我坐在民航局舒适的交通车上时，有一位女士在向我打招呼。

我回过头来时不由愣了一下，在这里竟会遇上日本共同社的记者美惠由子。她从手提包中抽出一张报纸递给我，并说："我是为'在渔场常规养殖条件下'这句话而来的。"

我有意避开了这个话题。目送美惠由子乘上出租车后，我立即以最快的速度驾驶新车开到S日报社。

朱总编在听了我的采访要求后，拉了我的手就向外跑，说去鱼市场看一下。在路上我才知道这条消息是朱总编亲自处理的，但令我吃惊的是：这则消息竟出自我的未婚妻王荣梅。

我们来到副食品商场，只见营业员把一袋袋用塑袋封装的鱼放进顾客的菜篮子里，转眼间最后一箱鱼也卖光了。当我们说明来意后，营业员告诉我们：小包装每袋装一条蓉江鲤鱼。鱼在封装后，便处于浅度麻醉状态，顾客买回家后拆开袋子，鱼便活跃如常。由于同一天从鱼塘里捕捞的鱼个体重量都相同，所以出售时不必称量，买卖很方便。鱼的口味也很好，所以蓉江鲤鱼很受市民与营业员欢迎。

在C城奔波一天，我见到了蓉江鲤鱼，但没能找到王荣梅。

回到记者站，已近黄昏。收发室的同志给了我一个电话记录。是朱总编来电，通知我他明天开车来接我去开技术鉴定会。

第二天一早9时整，我们一行数人，其中有美惠由子，来到"C市渔场"，我一眼就看到王荣梅正在同大伙儿拉网。我悄悄来到王荣梅身边，一起拉起网来。

我担心地问小王："这池鱼能亩产5吨吗？"她笑了笑，小声地对我说："放心吧！据我测算，这个10亩大的鱼塘，能起捕50.264吨！"看到她自信的样子，我也渐渐平复了内心的忐忑。

当司秤的同志当众宣布亩产50.26吨时，全场响起了热烈的掌声。

鉴定会结束后，高教授与王荣梅主持召开了记者招待会。我们才知道这些捕上来的蓉江鲤鱼没有生殖腺，这便是这项定名为ST-03养殖技术的秘密所在！

有人提问："这鱼没有生殖腺，如何繁殖后代？"

高教授朗声一笑后答道："我们将种鱼与食用鱼分开饲养。种鱼是有生殖腺的。"

听他这么一说，大家心里豁然开朗了。

会议一结束，美惠由子便匆匆和我们告别了，她要马上回东京，汇报此行的收获。她由衷地对王荣梅说："我诚挚地祝贺你，你们走在我们前面了！希望不久，我能随日本渔业代表团再次访华，洽谈购买ST-03技术专利！"

明天是星期天，我同王荣梅相约到我家聚谈她半年多来的忙碌与成果，并通电话报告了我的父母。王荣梅说，只此一天，周一她就要与高教授进一步研究新的课题了。

《科学文艺》，1983年第4期，唐生云改编

蓝 洞

刘兴诗

阿波从小生长在海边，练就了一身出色的水上本领。他与经常出没于附近海滨的一头小白海豚交上了朋友，每天都要和小白海豚在海中畅游一番。

一天，阿波突发奇想："小白海豚是在哪儿栖息的？我何不跟踪它去看看呢！"那天小白海豚离开了阿波，游向远处。阿波跟随着它的泅迹追下海去。蓝靛靛的海水，殷红的珊瑚枝，暗绿色的海草，彩色缤纷的鱼群，使他目不暇接。奇怪的是，小白海豚并不游向远海，而是顺着崖脚觅路前进。迎面出现了一堵灰色的崖壁，石壁上露出了一排排黑沉沉的洞窟。

"啊，蓝洞！"阿波惊讶地喊出了声，心头涌起一连串神秘的水下蓝洞的传说。有人说，蓝洞是龙王居住的地方；又有人说，蓝洞是古代海盗藏宝的秘密金窟。阿波曾傍着岸滨多次来回泅游，做梦也没想到蓝洞就在脚下。阿波决定去蓝洞探险。他赶回家中，带上匕首和密封手电，背上氧气筒，戴上面罩、穿好脚蹼，直朝蓝洞游去。

海底的蓝洞宽大无比，洞内的石钟乳和凹凸不平的洞壁全都泛着幽幽的蓝光。忽然，阿波听见了小白海豚发出的声音，像是从崖壁后面传来的。阿波穿过一个不大的窟窿眼，他一下子惊呆了，里面是一个窟室，只有一半是水，有一扇陷阱式的天窗直通洞外的蓝天。小白海豚躺在天窗下面，阿波浮出水面，摘下面罩，来到小白海豚身边。

阿波和小白海豚玩耍一番之后，抬头朝窟室的四周打量了起来。当他把目光移向洞墙上时，不由一下子愣住了。在凹凸不平的石面上，不知是谁用炭棒涂绘了一幅粗线条的图画。画面上有几个身披兽皮的原始猎人，正在围攻一头受伤的大象。这是一头古怪的象，长着一对弯曲的大门牙，身上披着长长的茸毛。这种大象，阿波从未见过，想必是寒冷时期的古动物吧。阿波又想，木炭画怎么能经得住海水的反复冲刷，从原始时代保留至今呢？他很感兴趣地凑过去，伸出手去抚摸，这才发现画面上罩着一层透明的钟乳薄壳，仿佛是一个专门定制的防水玻璃镜框。

阿波返回家中，翻阅了许多书籍。他认为，蓝洞是远古冰河时期原始人的住所。后来气候转暖了，冰川融化，海面慢慢上升就淹没了它，成为鱼群出没的蓝洞。神奇的蓝洞，原来是一座石器时代的天然博物馆。阿波决定再探蓝洞，寻找到更多、更珍贵的水底文物。

《科学文艺》，1983年第4期，庄秀福改编

粉红色的樱桃

刘 咏

一年一度的"篮球王国际篮球赛"又开始了。这些年来，观看篮球赛已成为一种最流行、最时髦的社会活动，而篮球王国际篮球赛是世界最高水平的比赛。所以，在比赛前1个月，门票已被世界各国球迷抢购一空。

第一轮的首场比赛，是樱桃队对上届冠军P队。樱桃队来自某小国，首次参赛；而P队则来自某大国，屡次夺魁，队员均是驰名世界的球星。观众普遍认为，这是一场一边倒的比赛，没有什么看头，然而，比赛的结果与人们的预料恰恰相反。

比赛开始了。P队上场的是5名身高超过2米的著名球星，他们

满以为稳操胜券。然而，樱桃队出场的是5名3米以上的巨人，这5名巨人不仅身材高大，而且球艺精湛，篮球在他们手中，犹如小孩手中的皮球。篮球飞来飞去，使人眼花缭乱，P队的球星连球都摸不到。比赛进行了10分钟，樱桃队以60：0的压倒性优势领先。

这时，樱桃队要求换人，把巨人全部撤下，换上5个1.3米高的矮个运动员。他们虽然个子矮小，但出奇地灵活，而且投篮功夫极佳，远距离投篮百发百中。到上半场结束时，电子记分牌上亮着120：0。

下半场比赛则是上半场情况的重现，全场比赛以240：0告终，樱桃队大获全胜。

篮球王国际篮球赛一连进行了半个多月，樱桃队每赛必胜，势如破竹，保持不失一分的纪录。任何球队遇到它，全都抱个零分下场。结果，樱桃队以绝对优势获得本届冠军。

观众对樱桃队的高超技艺无不为之倾倒。但各国的教练更感兴趣的是：如此整齐的巨人和矮人队员是怎么挑选出来的？比赛结束后，各国记者团团围住樱桃队的教练奇奇，要他揭示其中的奥秘，奇奇满足了大家的要求。他说："人类大脑里的脑垂体形如樱桃，呈粉红色，它分泌的激素能刺激人体生长。我国的科学家发明了M和W两种物质，M物质能刺激脑垂体分泌生长激素，使人长高；而W物质的作用则刚好相反。"

不久，樱桃队的所在国公开了制造M和W物质的方法，各国都掌握了这种方法，从而促进了世界篮球运动的发展。

《少年科学》，1983年第1期，庄秀福改编

骑狮子的小姑娘

刘 咏

星明中学今天举行初中的毕业典礼。按传统，要举行一次智力竞赛，邀请本校的老校友中有成就的学者出题，今年的试题是著名的生物学家孔莲教授出的。

操场上有一只大铁笼，有一只狮子在铁笼子里来回走动着，铁笼的右上角挂着一块木牌，上面有"试题"两个大字。铁笼的门上有把锁，笼子里的狮子脚下有个圆盒，圆盒上也有一把锁，还有一大一小两把钥匙挂在笼子的栏杆上。

校长宣布："试题已公布在面前，请同学们答题。"围在笼前的同学们交头接耳地议论了好一会儿，一个虎头虎脑的男生走出人群，来到笼前，摘下了钥匙。这时笼内圆盒里响起了孔莲教授的声

音："不要担心，这只狮子不伤人，它很懂礼貌。"

那男生用钥匙打开铁笼上的锁，停了一会儿，推开笼子的门，走了进去。狮子见男生进来，点了点头，像是在欢迎。男生见狮子很和气，胆子壮了起来，就要去拿那圆盒。狮子忽然张开大口，还把一只脚踩在盒上，意思是"不许动！"男生见状，吓得赶紧从笼中出来，上了锁，挂起了钥匙。

过了一会儿，人群中走出一个文静的女生——姜虹，她拿下钥匙，开锁进门，她对狮子说："狮子，你好。我可以把盒子打开吗？"狮子点点头，把圆盒滚到姜虹身边。

姜虹用小钥匙打开圆盒，从盒里取出一封信。信的开头写着："请你向大家朗读信的内容。"于是，姜虹大声读道："你

能打开笼门，说明你很勇敢；你能打开圆盒，说明你很讲礼貌。这只狮子通一点人性，还具备马、猫等动物的特性。请你回答，这是什么原因？"

没等姜虹回答，笼外一个男生抢着说："因为这是一只机器狮子。"这时圆盒里传出孔莲教授的声音："错了。"

姜虹说道："这是因为用遗传工程技术，给狮子移植了其他动物的基因。"圆盒里的声音说："对了。亲爱的同学，这次智力竞赛你获胜了。"

随后盒子里传出优美的音乐，狮子对姜虹鞠了一躬，然后跪下四肢。姜虹会意，抬腿坐到了狮子背上。

狮子踏着音乐的节拍，从笼中出来，绕着操场跑了起来。同学们热烈鼓掌。

《少年科学》，1983年第7期，庄秀福改编

夜泳石油湖

树森 向红

少年地质爱好者夏令营结束前一天的晚上，李京和王明在野外散步，发现一个平静的湖泊展现在眼前。王明建议："咱们游一次泳，作个纪念吧。"

李京表示同意。两人同时跳入水里。"呸！呸！"王明边吐边生气地说，"这水是怎么搞的，把我浑身上下弄得黏糊糊的，眼睛都睁不开了。"

"好像是石油！"李京强忍着咳嗽，"漂在水面上，挺厚的一层。"

王明在琢磨：一周以前他来过这儿，那时这儿还是一片清亮的

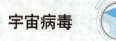
宇宙病毒

湖水，怎么几天工夫就变成了一个"石油湖"呢？

李京和王明把湖里发生的事告诉了地质辅导员。辅导员带同学们来到湖边观察，同学们看见后，七嘴八舌地议论开了。

王明说："这一带地下可能有石油，湖底与油层贯通了，石油就流到湖里来了。"

辅导员打开地质构造图研究一番后回答："这里不可能有油田。这里的石头是岩浆岩。而石油应该分布在沉积岩层里。"

正在他们满腹疑虑时，有两个人打着手电筒走过来，原来他们是生物研究所的，一个是刘研究员，一个是姓张的助手。他们正在这里进行实验，研究课题是让湖水变石油。

李京笑嘻嘻地问："是变戏法吧？"

"不，是科学方法。"刘伯伯解释说："大家知道，石油是古代藻类等的遗体经过亿万年的地质演变之后形成的。我们研究出了一种'中华104号菌'，可以使这一过程大大地缩短，让藻类在八九天时间里就变成石油。"

同学们用钦佩的目光望着两位科学家："这个湖里的石油就是你们用'中华104号菌'变出来的吧？"

刘伯伯点了点头。这时，王明好像发现了什么重大问题似的，不安地问："这湖水还流经一条河通入海洋，这样用不了几天，整个江河湖海的藻类都变成了石油，那就泛滥成灾了。"

刘伯伯笑了，他带着夸赞的口气说："你们考虑得很周到。不过，我们还研制出了一种对'中华104号菌'有抑制作用的药剂，所以这样的担心是不必要的。"

同学们听后也大笑起来，笑声洋溢在"石油湖"畔。

《我们爱科学》，1983年第2期，刘音改编

静静的梁子湖

王奎林

有一天，梁子湖养殖公司邀请遗传工程研究员陈玉林前去解决养殖场遇到的特殊问题。陈研究员随即乘直升机前往观察详情。他发现组成梁子湖的三个湖，除牛山湖外，高塘湖和前江大湖都涌起一片红潮，水面覆盖着一片黏稠的绿膜，还有一群群二三十毫米长的死鱼漂浮在水面上。昔日墨绿茁壮的芦苇，如今叶尖发黄，叶片曲卷，枯了梢头，死神的影子已经笼罩了这片曾经充满生机的水域。

下飞机后，陈玉林一见孙总经理就说："形势相当严峻。"

水质化验证实陈研究员的分析是正确的。红潮、绿膜是由于湖中涌进过量的氮、磷、钾而导致浮游生物和藻类迅速繁殖造成的。

一查地图，沿湖的工业设置展现在陈研究员的眼前：这儿是电镀厂，那儿是照相器材联合企业，远处则是大型钢铁公司……在清除污染对策会议上，经过一番研究、分析，最后根据陈研究员的建议，决定：第一，在3天内修筑两座拦水坝，一座是在樊口附近，以截住注入长江的梁子湖湖水，防止污染扩大；一座是把牛山湖和另外两个受到污染的湖隔开，以便将武昌鱼移入牛山湖。第二，聘请律师向法院提出诉讼，追究有关厂家的责任，要求立即停止向湖中排放含有污染物质的废水。

杜绝污染源是清除污染的第一步，而第二步、第三步如何走？陈研究员在苦苦地思索着。

一个偶然的机会，陈研究员发现赵场长家池塘里浮着一层暗绿

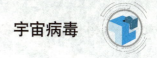

色的植物。他认识这是一种原产热带，名叫"水生风信子"的水草。这是他们从圭亚那带回来美化池塘的，用它来净化梁子湖太理想了。

水生风信子一引入高塘湖和前江大湖，就以惊人的速度繁殖开了。

3个月后，只见湖面绿茫茫一片，没有闪光的水面裸露出来。水质化验结果，有害物质全部降到安全数值。

但是意外的事情发生了，水生风信子恶性繁殖，互相纠缠在一起，组成了一个个草筏，像一层几十厘米厚的泡沫那样悬浮着。

在众多清除水草的方案中，陈研究员认为仍然应该使用生物防治的方法。他向全国信息处理中心求助。

电视屏幕亮了："清除水草的最佳选择——美人鱼。"

美人鱼不是鱼，而是一种生活在水中的哺乳动物。

正好中国海南崖县美人鱼研究中心已培育出名为"水中割草者"的美人鱼后裔。经联系，中心决定派飞艇前来救援。

飞艇带来的水中割草者是圆桶状的，每只长达4米，重约500千克，有鳍状肢和铲形的小平尾，遍体披有稀疏的、灰红色的毛，胸部有一对高约5厘米的乳头。它们是美人鱼的后裔。

飞艇擦着水面沿着湖的南岸飞行。只见飞艇下的湖水翻腾着，灰红色的背脊一滚，宽阔的尾巴一摆，美人鱼的后裔们一条接着一条消失在水面下。

从水中割草者到来的那天算起，已经过去了两个月。当初，密密麻麻的水草几乎把整个湖面都遮严了；如今，万点星光在墨色的水面上明明灭灭。

《科学文艺》，1983年第3期，李正兴改编

烽火台上

王琴兰　　王　沂

有诗云："不到长城非好汉。"凡到北京的人，都要到八达岭爬长城。一年四季，八达岭游人如织。

这天，游客们正沿着台阶往上移动。长城脚下爬来一条金光闪闪的、像巨蛇似的怪物。它长约30米，高约1.5米，大约有300个环节，就好像是一列由300节车厢组成的小火车，这列"怪车"继续向长城爬去，它上下左右弯曲自如，一伸一屈，一起一伏，轻快地登上一级又一级台阶。过不多久，"怪车"登上了那座最高的烽火台，弯弯曲曲地盘踞在上面。

游客们都被这列"怪车"惊呆了。"怪车"停下来后，从车上下来十几名研究人员，为首的是中国科学院某研究所的博士，名叫吴越飞。游客中有几名是外国记者，他们和许多游客围住了"怪车"，向吴越飞等提出不少问题。

有人问："请问这叫什么车？"吴越飞答："这车没有轮子，是模仿蛇的方式运动的，名叫蛇体无轮车。"

又有人问："它在攀登陡坡时也不会滑下来，这是什么道理呢？"吴越飞答："蛇爬上笔直的竹梢，也不会滑下来，这是鳞片在起作用。这列车的外壳覆盖着许多金属小板块，就是模拟蛇的鳞片制造的。所以它能走平地，也能攀登陡坡。"

一个外国记者问："怎么不见它冒烟、喘气呢？难道它没有发动机？"吴越飞说："我们认为，内燃机有个缺点——燃烧大量的燃料，而且效率只有30%。所以我们用高效燃料电池作动力，这种电池是利用燃料的氧化还原反应直接发电的，效率可达80%。"

外国记者和广大游客热烈鼓掌，为吴越飞等人的高超发明喝彩。

《少年科学》，1983年第3期，庄秀福改编

鱼钩吞进胃里之后……

王琴兰　王沂

今天是二毛的生日，家人为他做了最喜欢吃的油炸凤尾鱼。二毛狼吞虎咽地吃下鱼后不久，就感到恶心，接着又呕吐，呕吐物还掺着鲜血。

二毛被送进儿童医院，林大夫用胃镜一检查，发现胃壁上有一只小小的鱼钩。真是难以想象，二毛吃下去的竟然是一条吞下鱼钩的鱼。对付这样的病症只有开刀了。

二毛一听要开刀，大哭了起来。这哭声震撼着护士小王的心弦，顿时一个念头在她脑海中闪过：她爱人赵博士在生物物理研究所工作，有项研究成果也许能代替开刀治好二毛的病。于是，她打电话叫来了赵博士。赵博士检查二毛的病症后，给研究所负责同志打了电话，研究所同意为二毛做取出鱼钩的手术，而且不必开刀。

半小时后，二毛来到了研究所实验大厅。赵博士从皮箱中取出一条金链，然后让助手将金链放进二毛嘴里。接着赵博士来到一个写字台大小的操纵机前，按了一个按钮。奇迹发生了，金链像活了起来，跃进二毛的咽喉。接着，博士又按了另一个按钮，大厅右壁荧光屏上，立即映出了二毛的消化器官内部的情况，连小鱼钩也看得清清楚楚。这时，金链正顺着食道来到胃里。在赵博士的操纵下，金链咬住鱼钩的钩尖，拉出鱼钩，然后退出胃、食道，最后从嘴里退出来。全部过程只用了18分钟。二毛神态十分安详，既没有

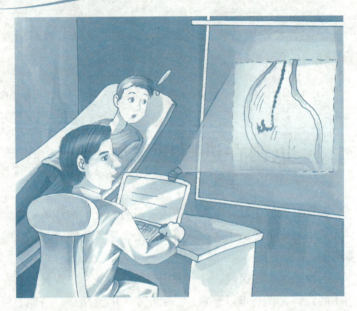

破皮，也没有流血。

二毛的父亲万分感激地拉住赵博士的手。一同前来的林大夫惊异地问："那条金链是什么东西？"

赵博士回答："这是机器蛇，是我们生物力学工作者通过对蛇的研究而研制出来的，蛇可以靠自己灵活的身体曲折式匍匐运动，而人体的食道就是弯弯曲曲的，机器蛇正好可以利用这种方式去胃里工作。"

林大夫听了，表示要在医学界推广这项成果。赵博士说："我们还要研究更微型的电子蛇去摘除人体的肿瘤。我们还准备设计一种巨型电子蛇，叫'蛇体无轮车'，让它在地形复杂的地下岩洞工作。"

二毛听到这里，兴奋地说："我长大了，一定去开你们制造的蛇体无轮车。"

《我们爱科学》，1983年第10期，刘音改编

无线电波

王晓达

有一天晚上在学校自习，我把一串钥匙掉在了操场上。物理老师刘明帮我去寻找，他不拿手电，却戴了一副大眼镜，很快就找到了钥匙。我感到很奇怪，问刘老师是怎么在黑暗中找到钥匙的。刘老师让我第二天晚上到物理实验室去找他，先做一个实验，然后再作解答。

翌日晚上，我如约来到物理实验室。刘老师给我一副大眼镜，就把灯关了。我戴上眼镜，发现实验室里的一切都看得清清楚楚，而且比在灯光下看得还要清楚，摘下眼镜，就什么也看不见了。

"你看到了什么？"刘老师问我。

我如实作了回答，并且问他："这究竟是怎么回事？是这副眼镜在起作用吗？"

刘老师说："说来话长。白天，我们能看见东西，这是因为有光线，我们叫它可见光。其实，可见光也是一种电磁波，是电磁波中很小的一部分，更多波段的电磁波是我们的眼睛看不见的。可见光是直线行进，穿透性差，在传播中衰减大，使我们对这种光源的使用受到很多限制。而很多电磁波穿透性好，传播中衰减小，可惜我们看不见。我和几位同事在研制一种电磁波-光转换装置，就是你刚才戴的眼镜。通过它可把某种电磁波转换成人眼可见的光线，在黑暗中也能视物。如果这项发明成功，一座城市发射某种电磁波，人们只要戴上这种眼镜，在夜里就能看见东西了。"

我说："这样一来，就用不着家家户户开电灯了。"

刘老师说："正是如此。由于这种电磁波穿透性好、衰减小，一座城市只要有一个发射台，全城人就都能得到'照明'，方便极了。"

我对刘老师说："希望你们的发明早日成功。"

《少年科学》，1983年第6期，庄秀福改编

课本坏了以后

王延滨

郑小刚是四年级学生，本来成绩很好。前几天他和同学吵架，把语文、算术课本撕坏了，影响了学习成绩。他爸爸是地质勘探队的工程师，常年在外工作，这次回家，知道这一情况后，立即给在上海工作的弟弟写信，托他买一套四年级课本寄来。

不到半个月，郑工程师收到了邮包，打开一看，不是课本，而是两个像计算器一样的东西，宽窄厚薄和练习簿差不多，底壳是黑塑料做的，面板是个显示器，下边有两排按键，此外还有一支小巧玲珑的电子笔。包裹里还有一封弟弟写给郑工程师的信，信中说：

"……你要我给小刚买一套四年级课本，很巧，我们研究所最近研制了一种新型电子书、电子本、电子笔，今寄上一套，给小刚试用。今后书包里只要装上这套东西，上学就够用了。每年开学前，到当地教育信息中心，注入本年所要学习的语文、算术、地理等各学科的内容，就可以使用一年。现已注入四年级的全部课程，请参照说明书使用。"

郑工程师很高兴，他教小刚怎样使用……小刚按下"语文"键，再按"9"和"6"两个键，电子书显示器上出现了语文第96页的内容，跟课本完全一样。很快，小刚就掌握了电子书的使用方法。

第二天，小刚把3件东西装进书包，背在肩上，轻巧极了。在上课时，使用电子书，如果上课走神儿，电子书会发出"嘟嘟"声，

提醒他专心听讲。他在做作业时，使用电子本和电子笔，如果作业做得不对，就会写不出来，督促他改正。

小刚有了这3件东西，学习积极性大为提高，成绩提高很快。期终考试时，门门功课都得了100分。

《少年科学》，1983年第12期，庄秀福改编

葫芦里的仙境

忻 昀

梦幻岛有块草坪，草坪中央矗立着一块褐色的葫芦状巨石。岛上流传着一个神奇的故事：

从前，岛上有个懒汉。一天，他遇到一个白胡子老神仙，老神仙送给他一只可以满足3个愿望的宝葫芦。懒汉先向宝葫芦要了一间草棚，嫌它太差劲，又要了一间木屋，木屋刚出现，他却再要宝葫芦把木屋变成大瓦房。这时他却忘了自己已向宝葫芦要求过3次了，竟狂叫道："我要神仙住的琼楼仙阁！我要……"只听"轰隆"一声响，草棚、木屋、瓦房一霎间都不见了。宝葫芦变成了巨大的石葫芦，把贪心的懒汉压死了。就在变化的瞬间，人们听到从宝葫芦里传出老神仙的话语声："只有勤劳、勇敢、智慧的人们，才能从宝葫芦里得到琼楼仙阁！"

我时常憧憬着，什么时候能有个勤劳、勇敢、智慧的人来到我们梦幻岛，让宝葫芦献出仙境来。可万万没想到，我自己竟会得到一个神奇的葫芦，并亲眼看到了从葫芦里出来的是只有蓬莱仙境才会有的宫殿般的房子哩。还是让我慢慢往下讲吧。

一天，我和妹妹在海边游泳，遇上一个小男孩儿，他拿着一个小葫芦与我们一同游泳。这只小葫芦有茶杯那么大，轻如薄纸，颜

色是绿莹莹的，在阳光下，闪烁着捉摸不定的光彩。临分手时，我把船形游泳圈送给他，他把小葫芦送给我。我约他第二天在葫芦石前碰头，再痛痛快快玩一天。

翌日清晨，我拿着葫芦和妹妹一起来到葫芦石前。妹妹拿起葫芦摇了摇，里面竟发出一阵"咕噜咕噜"的响声。我忙拿过葫芦，拔掉塞子往外一倒，从葫芦里掉出一粒芝麻大小的东西来。那粒小东西一落地，见风便长，眨眼工夫便大如黄豆了。再一看，它已膨胀得如杏仁般大了，活像是座用果核雕刻的建筑物。没等我细看，这微型建筑物已变成火柴盒样大，接着又如箱子般大、衣橱般大……半小时工夫，它就膨胀成一幢巍巍大厦了。这是一幢中国建筑风格的大厦，高高的飞檐，闪亮着玻璃瓦光泽的屋脊，雕花的窗棂，朱红的粗大立柱。在正中央大门上，镌刻着3个斗大的金字：少年宫。

这时，妹妹发现，少年宫的墙壁和葫芦一样，闪烁着绿莹莹的光，它们是用同一种原料做成的。这少年宫是用整块奇异的材料镂雕出来的，找不到一点拼接粘连的痕迹。莫非这就是白胡子老神仙的宝葫芦？

正在疑惑之中，小男孩儿和一位叔叔来到我们身边。原来，那位叔叔是小男孩的舅舅，而那只神奇的葫芦，正是他从舅舅的实验室里拿出来的。我一听"实验室"，心中一亮，忙问道："叔叔，我看过一本叫作《未实现的美国建筑》的书，书中科学家们设想出一种将来用于建筑的化学品，将这种化学品搅拌后，体积很快会膨胀变硬。通过这种化学反应，在试管里可制造出房子来。莫非这葫芦里掉出来的少年宫，就是书中设想的试管里造出的房子吗？"叔叔微笑着点点头，说："你有没有这样的雄心壮志，将来长大了，也当一个变神话幻想为现实的科学家？"我郑重地点了点头。

《儿童时代》，1983年第11期，李正兴改编

冠亚军遇难记

许寅照

　　一艘银灰色的气垫艇在海面上飞驰，艇上坐着两个十四五岁的少年。握操纵杆的叫胡小强，另一个叫郭海，他俩都是省少年无线电测向队队员。在去年全国2米波段测向比赛中，两人分获冠亚军。现在，他们正驾驶着省体委的气垫艇赶去参加比赛。

　　胡小强和郭海，就像两位矫健的小骑手，放马驰骋在辽阔的草原上一样，快活极了。当天气已经发生变化时，他们竟未察觉。直到大海掀起狂浪，把气垫艇抛上摔下时，他们才意识到问题的严重性，但为时已晚。气垫艇在汹涌的波涛中摇晃、挣扎。突然，一个

小山似的大浪砸来，艇被砸坏了，慢慢被巨浪吞没。胡小强和郭海在驾驶舱里被涌进的海水呛得喘不过气来，慢慢昏了过去。

　　也不知过了多久，两人渐渐醒来，听到有人在呼唤，他们睁眼一看，发现自己躺在床上，床边站着一位军官。两人忙问：这是什么地方？他们怎么会到这里来的？军官告诉两个少年：这是海军的巡逻快艇，是海军把他俩救上来的。

　　军官还说："你们刚才乘坐的气垫艇救了你们一命。这艘气垫艇装备了最新的救生装置，它能高速喷射'磁性强力快速粘胶'。当艇遭到意外往下沉时，由微电脑控制的救生装置快速将胶液朝下喷出，迅速均匀地在艇体外面凝结起来，形成一个坚韧的胶袋，使艇浮在水面上，等候救援。"

　　胡小强和郭海瞪大眼睛，听得入了神。他们问："那么封在胶袋里边的人不会被闷死吗？"军官哈哈一笑，答："这艘气垫艇设计非常巧妙，艇的舱壁、窗帘、坐垫等都含有高效吸水剂，一旦外面的胶袋形成，艇内的海水很快被吸干，小型压缩氧气供应舱自动供氧。这样，胶袋里面的人就安然无恙了。现在我们去看看那艘气垫艇吧。"

　　胡小强和郭海在军官的陪同下，来到巡逻艇尾部，他们望着后面拖着的气垫艇，许久不说话，似乎还在神话世界里漫游。

《少年科学》，1983年第11期，庄秀福改编

剪刀加糨糊

叶永烈

　　我喜欢剪报，迄今已装订了几十本。前几天，《少年科学》的一位编辑到我家来，他翻阅了我的剪报，对第17本很感兴趣。他让

我拿到《少年科学》发表，当然要在前面写段说明，并注明原作者的姓名。我照办了。

我的5篇剪报如下：

剪报一：

买到了后悔药

我爱骑快车，违反了交通规则，被交警金伯伯带到了公安局。他把我领进了一个房间，里面有一辆固定在铁架上的自行车。金伯伯让我骑上去，蹬得越快越好。我骑上那辆车，眼前出现了马路、房子。我开始蹬车，马路、房子都朝后移去，仿佛在大街上一般。我越蹬越快，突然迎面驶来一辆卡车，我赶紧刹车，可哪里刹得住，卡车朝我轧了过来……我回过神来，发现自己没有受伤。不过，我今后再也不敢违反交通规则了。

这就是我买的后悔药。

罗　成

剪报二：

访自由女神

自由女神是美国的名胜，我去参观了一次。我从底座进入自由女神体内，从她的脚下到皇冠有91米高，我尽力地向上攀登，终于爬到了皇冠上。从皇冠上俯视，行人如蚁、汽车像小甲虫。极目远望，天地相连。这时我才感到了真正的自由。

张　文

剪报三：

咄咄怪事

我从杂志上读到张文的《访自由女神》，很想向他当面请教，了解自由女神的情况。我赶到张文的单位，接待人员告诉我，张文从小得了小儿麻痹症，半身瘫痪，他不到单位上班，只在家中翻译资料。他从未去过美国。

一个没有去过美国的人，居然写起《访自由女神》来，岂非咄咄怪事。

章　愚

剪报四：

咄咄怪事

读了章愚的《咄咄怪事》一文，我感到这篇文章本身就是咄咄怪事！有位名人说过："无知的批评是毫无价值的。"章愚的文章就是无知的批评。

张　文

剪报五：

把"一代天骄"写活了

最近，有好多人称赞历史小说《一代天骄》，说作者把成吉思汗写活了。我找到这部书细读，觉得这些赞誉一点儿也不过分。

但没想到作者是位年轻的姑娘。我问她是怎么写得这么活灵活现的，她说是因为深入了解了元朝社会的生活。我很纳闷，元朝早已过去，怎么能深入其生活呢？姑娘笑而不答。

周永兴

以上的剪报，内容互不连贯，读者看了会迷糊。所以对这些剪报的"底细"，我要作些说明。不过，我的说明也是一份剪报。内容如下：

三如电影初试成功

陈舒首创一种"三如电影"，即如闻其声、如见其人、如临其境，这种电影是在全息电影的基础上发展起来的。它用装有激光发射器和电脑的三如摄影机拍摄，拍出的立体形象不仅出现在观众正

前方的银幕上，而且出现在观众的前、后、左、右、上、下，这样就使观众有了"三如"的感受。

三如电影拍摄初试成功后，现已试拍了交通安全影片片断、旅游电影（《漫游自由女神》等）、历史电影（《元朝风俗》等）。

影 研

后记：作者再次声明，以上只是一大堆剪报而已，不过"剪刀加糨糊"罢了。绝非我的创作。

《少年科学》，1983年第10期，庄秀福改编

未出庭的证人

宣昌发

黄昏，在昆仑山脉慕士塔格山区一条冰川峡谷的断崖边，一个目光呆滞的青年蠕动着嘴唇似乎在向大自然倾诉满腔的怨愤。渐渐地，他的脑袋下垂，身体前倾，在他即将坠崖的千钧一发之际，一只大手抓住他的后衣襟……他是谁？为何要结束年轻的生命？

……一个考察组的车队在塔里木盆地的戈壁荒滩疾驰着，领头的越野吉普车内，屠哲教授兴奋地对两个学生侃侃而谈沙漠中绿洲形成的条件，谈到这次如何利用新研制成的高效吸热剂融化冰川，让潺潺流水为昆仑山脉增添上百个如同喀什、和田那样美丽的城市和绿洲……说着，说着，也许是过度的激动引起他一阵剧咳，学生魏俊见状迅速打开背包取出两粒白色药丸和水壶。屠哲接过后不由朝魏俊投以疑惑的目光。

"敏敏嘱咐我带上的。"魏俊脸上泛起一道红色。

敏敏是屠哲的独生女儿，他听了唇角显出一丝笑意，另一个学

生胡柏生忍不住朝魏俊投去嫉妒的目光……

没料到在数天后的一次考察活动中,屠哲不慎掉下悬崖,魏俊竭尽全力抢救也回天无力。然而在考察组内却掀起魏俊见死不救的流言,连匆匆赶来的敏敏也为此斥责昔日的恋人,万念俱灰的魏俊想以死明志,幸亏被敏敏的舅舅宋逸元教授及时发现,才制止了一场悲剧。

在科学不发达的年代,人们将大脑的种种思维活动视作了人的灵魂。那么,人脑的记忆仓库在哪里?加拿大的一位医生偶然用微弱电流刺激一个病人的大脑海马回区,病人竟然回忆起一首早已忘却、在童年时代唱过的歌曲……

宋逸元经多年探索,研究出一部能从人脑中取出"记忆"的仪器。操作时,先用一个能接收脑电信号的探头刺激大脑的记忆区,当记忆细胞受刺激产生脑电波时,接收装置将其输入仪器,放大过滤后再转入电磁感应录像带。简言之,经处理的人的记忆可变成图像重现……

由于屠哲遇难地点的冰川低气温条件,他的大脑生物细胞完好无损。于是征得屠哲夫人的同意后,宋逸元用那部仪器使屠哲教授遇难时的一幕重现了——一根紧绷绷的尼龙绳贴着冰崖缓慢上升着(这是教授生前目视魏俊从崖顶营救自己的记忆),而棱角分明的冰层犹如锋利的刃口,把上移的绳子一小股、一小股地磨断。终于,绳子的强度因承受不住教授的体重而断裂,顿时在银幕上出现一阵雪崩似的景象……

"啊,刚才仿佛是屠教授的幽灵证明了魏俊是无辜的。"放映厅内响起一阵低沉的感叹声。

敏敏含泪观看着……一对情人的误会冰释了,宋逸元教授的脸上绽开了欣慰的笑容……

《科学之窗》,1983年3月出版,宣昌发改编

闪亮的流星

尹 尹

人对营养的需要是多方面的，但最基本的是两方面：能量和蛋白质。为了能使人民吃到高能蛋白质的食品，尹芳选择了一个新食品合成的课题。研究所同意拨给她一间实验室和一笔经费，但是没有助手。尹芳就独自埋头干了起来。

通过实验，尹芳发现，在大豆蛋白中，甲硫氨酸的含量较低，而在小麦制品中，赖氨酸的成分较少。尹芳准备对大豆和小麦进行处理，以提高它们的营养价值。尹芳向老所长汇报了课题的进展情况，同时要求配备一名助手，以加快研究进展。

10天后，老所长带来一名小伙子，向尹芳介绍说："李枫，对提高植物蛋白的研究很感兴趣。希望你们好好配合。"两人握了一下手，李枫首先开了口："我认为，植物育种专家用以获得变异的手段主要有两个：杂交和诱发突变，这可以从根本上提高植物的蛋白质成分。比你现在进行的合成方法更有生命力。"尹芳不甘示弱，回答："你的设想我早就探索过，我认为我的方法更现实些。"李枫笑而不答。掏出一卷资料，说："这是我的一篇论文。如蒙允许，我们一起来实现。"

回家后，尹芳展开资料。蓦地，父亲的名字映入她的眼帘。没料到，李枫在论文中抨击了她父亲——遗传学权威的学术观点。看完论文，尹芳才知道，李枫提出了一个开创植物遗传学新时代的思路：把一些植物的"高蛋白基因"加到需要发展的谷物上去，培育出高蛋白的植物。照他的话说，就是"树上也可长出肉来。"尹芳被李枫大胆的设想、严密的论证慑服了。但是，是李枫正确，还是父亲正确，她莫名惆怅。

尹芳给在T城农科院工作的父亲去了一封信,详谈了一切。父亲回信了,内容很简单,叫她当好李枫的助手。然而,尹芳不肯放弃自己的课题,于是,尹和李各干各的。日月如梭,一年过去了。一天,李枫把一纸电文交给尹芳说:"你父亲让我去T城农科院。"李枫端来一盆幼苗,接着说:"这是把高蛋白基因移到大豆中培育出来的新苗,蛋白质将提高一倍。我去T城后,劳你照料一下。"尹芳默默点了点头。

李枫去T城半个月之后来了一封信,信中说:"你父亲认输了,这令我十分不安。我不敢有丝毫懈怠,只有前进。"几天后,报上刊登了惊人的消息:T城发生7.9级地震。尹芳10天后获准去T城,在医院见到了父亲,而李枫为救父亲献出了生命。一颗新星陨落了。

《科学文艺》,1983年第5期,庄秀福改编

小虎的奇遇

郑济元

小虎是宇航研究所王所长的儿子。这天,他到所中玩耍,见一扇房门半开着,里面还亮着灯,觉得新鲜,就推门而入。"啪!"门自动关上了,小虎去拉门,拉不开。突然,他听见背后有个声音说:"请您在沙发上坐下。"

小虎吓了一跳,四下打量,没看到一个人。但他发现这房间形状很怪,呈球形,没有窗户。他在沙发上坐下后,灯光渐渐转暗,仿佛夜幕慢慢降临,在上下左右出现了点点繁星。小虎觉得自己好像是处在陌生的宇宙空间。不一会儿,小虎感到有点疲乏,眼皮直打架。

小虎用力睁开眼睛，发现自己坐在一艘宇宙飞船的驾驶舱里，身上穿的衣服变成了宇航服，头上还戴着一个透明的头盔。过了一会儿，头盔的耳机里响起了声音："船长同志，X星座即将到达，请船长指示。"屏幕上显示出几个探测方案。小虎哪里懂得这么多，就随口说了一句："按3号方案执行。"

飞船绕着X星座的第3号行星飞行了10圈，终于降落到行星表面。小虎走出飞船，只见莽莽的原始森林无边无际，脚下是茂密的草地，远处是河流、湖泊。他飞快地走着，突然前面来了两只巨型怪兽，他赶紧掏出激光手枪，打死了一只，另一只向他扑来，张开血盆大口，要把他一口吞下，小虎吓得闭上了双眼。

"小虎，小虎。"这是爸爸的声音。小虎睁眼一看，爸爸站在他身边，自己仍旧坐在沙发上，穿的还是自己的衣服。小虎忙问这是怎么回事？爸爸告诉小虎：这儿是控制室。为了帮助宇航员进行训练，他们研制了这台自动电脑致幻机，它能使人处在催眠状态中，停止人体一切感觉器官的功能，由致幻机来接替，以脑电波形式直接向大脑皮层提供信息，使你觉得自己就在致幻机所创造的那个环境中。控制室有监视设备，宇航员的"活动"全可显示出来，负责训练的人员可从中观察到宇航员的"活动"情况。

小虎听后，高兴极了，说："长大后，我一定要当一名真正的宇航员。"

《少年科学》，1983年第8期，庄秀福改编

第十种功能

周立明

黄昏，美国P城的街道很冷清。街道上走着一高一矮两个中年

人，似是一对刚结识不久的路人。矮个子自称是Ω公司的高级工程师，很活跃，他指着自己腕上的那块手表说："如果你以为这是块普通的电子表，那就大错特错了。这块手表非同一般，它有10种功能。普通的日历、报时、计算之类就不必说了，就从它的第六种功能谈起吧，它能监测人体的健康状况。"他边说，边作演示。"啧啧，真不错。"高个子赞叹不已。

矮个子接着说："它的第七种功能是自动翻译。如果你到了国外，语言不通，它能充当你的翻译。它的第八种功能是能直接通过卫星收看全世界1400家电视台的节目。它的第九种功能是拍摄照片……"高个子完全被这块神奇的手表迷住了，问："这手表值多少钱呢？"

矮个子闻言笑了起来："这手表是石油大王亨利委托本公司定制的，是准备送给某国家元首的礼物，可说是价值连城。因为我负责总装，今天才有机会戴几个小时……"他话音未落，高个子一把夺过手表，扭头就逃。矮个子大声喊道："朋友，你回来！你听我说——"可是不管他怎么喊，高个子头也不回，消失在茫茫夜色中。

半个小时后，矮个子走进P城警署。不一会儿，高个子被一个警察押了进来，他见了矮个子，不由得一愣。矮个子从警察手中接过那块手表，微笑着对高个子说："朋友，你太心急了。这块手表的第十种功能便是能防盗。它装有自动无线电防盗报警系统，每隔5分钟以特定频率向警方接收台报告一次。一旦被抢，主人把频率报告给警署，马上就能抓到盗贼。如果你听我讲完它的第十种功能，就不会干这种蠢事了。不过，我得谢谢你，你帮我完成了防盗系统的功能检验。"

《少年科学》，1983年第2期，庄秀福改编

生者与死者

朱玉琪

地球的一个新的生命在遥远的、死寂的空间诞生了。志刚面对自己的亲骨肉，热泪飞溅。叶韵完全理解丈夫悲喜交加的心情……

叶韵是著名的天体物理学家。在她的坚决要求下，天体物理研究中心才让怀有身孕的她，去月球观测点执行任务。现在虽然测得了一系列数据，可是她却不能回去了。

数月前，叶韵的丈夫宇航员志刚驾驶的太空飞船飞抵月球，观察站负责人让他专程送妻子回去。谁知起飞不久，飞船却出现了罕见的指挥紊乱，一下子飞离了原来的航道。无奈他们用掉了飞船十分之一的能源，向北京发射了超强功率的求援信号。

孩子起名叫"子平"，在父亲的纵容下，十分任性。一次子平把最爱吃的酱汁人造排骨一股脑儿夹到自己面前。叶韵不禁叹了口气，对丈夫说："志刚，孩子虽然只有6岁，但太自私了。我们应该考虑怎样教育他。"这时，子平将啃下来的骨头朝爸爸身上扔来，正巧打在爸爸的鼻梁上。志刚并没有生气，子平滚进爸爸的怀里百般地撒娇。

叶韵看着儿子那副神气的样子，恼火地对丈夫说："你看他小小年纪已养成了蛮横、任性、自私自利的恶习，将来回到地球上怎么能够成为一个有用的人啊！"

"我恰恰认为，这些正是孩子赖以求生的可贵品德。他若没有强烈的自我意识，怎么能够顽强地在这恶劣的空间里生存下去呢？今后，子平只要学会操纵飞船的实用技术和有关知识就行了。当务之急是他要有能抵挡灾难的健壮身体。"

又过去了12年。志刚不仅变得衰老，而且病倒了。一天，北京发来了信号，一家人激动万分。叶韵颤抖地读着："太空号飞船方志刚指令长：我们已派出飞船前去营救，请马上发射专用的、持续不断的光信号，以便联络。北京。"

志刚伸手转动了控制台旁的一只旋钮。突然，飞船发生了意想不到的剧烈震动。子平像一头怒狮大声吼道："你看，你转错了一只旋钮引起飞船电脑混乱，我们损失了一半能源！你要我们怎么活呀！"

"子平，你爸太兴奋了，他不是故意的，你干吗这样凶？"叶韵说。志刚镇定片刻，用手颤抖地指指控制台左侧："是最最里面的一只旋钮……"

子平开始操作起来。这时，操纵舱突然响起了警铃声。飞船的外壳由于震动出现了一道裂口，飞船随时可能解体。志刚急切地对儿子说："你快穿上太空服，拿着密封剂马上去修理出现的裂口。"

"我不去！这不要我命吗？"

叶韵夺过太空服自己要去。志刚拉住她："你不行，子平去年曾修过一道孔隙，他应该去。"

子平坚决不去，溜走了。

志刚朝着妻子惨然一笑，穿上宇宙服，带上必需的工具并嘱咐："我出去后，你马上发射十万危急的求救信号。"

志刚吃力地滚到出事的外壳处，果然发现一道6寸长的裂口。他用颤抖的手飞速地将高速密封剂喷了上去。

志刚环顾着广漠的宇宙，此刻他才深深感到没有教育好自己的孩子。他希望能活着返回地球，把沉痛的教训告诉人们。也许，自己坚持不到最后了……

《科学文艺》，1983年第3期，李正兴改编

宝　镜

朱玉琪

著名的光学专家张泓教授要招收一名助手。经过层层筛选，最后只剩下我和沈小平两名候选人。

我和沈小平住在光学研究所，准备明天接受张教授的面试。晚饭后，我们外出散步，回到住处时见房内一片漆黑，我就伸手在墙上找电灯开关，摸到一个琴钮似的东西。我一按，马上听到一阵呼救声从窗外传来，我打开窗子朝外一看，只见3个歹徒在追一个姑娘。我正想冲上去，见歹徒手中有尖刀，就退缩了。这时，瘦小的沈小平抓起一把椅子，朝窗外歹徒头上砸去，只听见"哐啷"一声巨响，姑娘和3个歹徒全成了碎片，人不见了，剩下一堆碎玻璃。我们被这情景弄糊涂了。

几乎在巨响的同时，警铃响了，一下子来了许多人。白发苍苍的张泓教授冲出人群，进入房间，直扑窗口，直喊："糟了！糟了！"张教授捧了一些玻璃片走到我们跟前，向我们问清了事情的起因。他说："这事不怪你们，该怪我考虑不周。你们住的这个房间，原是我的藏镜室，按动墙上的按钮，打开窗子，就能看到一面高2米、宽1米的宝镜。刚才你们看到的景象，是我在一个月前制作在宝镜中的，还配上了同步录音。原来我打算用它来考察你们的心灵美，后来觉得不妥，决定不用了。不料你们无意中触碰了按钮，就发生了这件事。"

张教授的这番话，使我们惊讶得目瞪口呆。世界上竟有如此神奇的宝镜！沈小平问："张教授，一般的镜子是无法留住被照见的物体的，可你的宝镜怎么能留住逝去的景象呢？"张教授说："我的这面镜子，在科学上被称为慢性玻璃镜。这玻璃有2厘米厚，中间含有一种特殊的光子传递介质，光线穿透它要很长时间，要1个月，甚至1年，然后再反射出来。所以它像一架大自然的自动摄影机，这种宝镜是我国古代劳动人民的杰作。我的这面宝镜是传家之宝。"

"可惜被我们打碎了。"沈小平痛苦地低下了头。张教授呵呵一笑："宝镜是打碎了，但我已得到了另一件宝，这就是你。沈小平同志，你已被录取了。让我们师生共同努力，一起研制出更多这样的宝镜。"沈小平欣喜地说："一定，我一定努力。"

《少年科学》，1983年第5期，庄秀福改编

1变100之谜

达世新

榕城海运局的小任，怀揣介绍信及材料单来到半球形外形的自动化造船厂，签订造小货轮的合同。船厂的凌光工程师看完介绍信及材料单后神秘地一笑说："你们运来的造船体的钢材数量太多了。"

他看着诧异地瞪着双眼的小任又说："这是根据新的造船条例规定的数量，由于你们是我们实施新方案的第一位客户，所以决定造小货轮外，用剩余材料给你们造一艘大轮船的船体。"并约定10天后一并交货。小任给搞糊涂了，天下竟有这等好事？合同是签了，而且已向局里汇报并要求迅速运来大船的辅助材料。但是小任心里总是不踏实。

小任住的旅店的窗口正对着船厂。只见船厂静悄悄地，既听不到锤声、机声，也见不到电焊光。而凌工程师却在草坪上晒太阳。

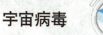

这哪像10天内能交货的样子。

3天过去后，才听到"咣当，咣当"及"突突——"的声音，而且不分昼夜地响彻了整个船厂。

到第十天中午响声骤停，随着船厂大门打开，大小轮船正滑行在下水滑道上。

奇迹！真是奇迹！

但是小任随着敲击船壁发出的声音而急得脸色发白，这么薄的船体能出海吗？简直是玩具船，而且气象预报今天海面由于受到台风边缘影响，风力可达八级，这不是要命吗？

小任气冲冲地推开凌工的舱门后，一看凌工舱内的床、沙发等一切用具都悬浮在半空中，凌工还坐在上面看书，真像在变魔术。

经了解，原来所有东西都是用只有头发丝直径的几十分之一粗的钢丝吊索吊起来的，怪不得看不见，这么细的丝怎么不会断裂？凌工耐心地对小任作了讲解。

原来，金属理论强度是目前金属的实际强度的数百倍，由于冶炼出的金属内部原子排列位置存在不少错动，所以强度减弱了。如果能使它的原子排列整齐，就能大大改变它的强度。1945年科学家发现电话机蓄电池的涂锡极板上长出小须须，它的强度大大超过原来的强度（接近金属理论强度），又鉴定出它们几乎没有错位。于是凌工他们用了半辈子的时间对促进金属长须的各种条件作了深入研究，终于试制出强化这些条件并使金属的"须"长得快、长得高、长得多的种植罐。使用时只需根据需要再用高强质胶粘剂把它们粘成板状、块状……所以造船的前三天实际上是在"种"钢材。

小任再摸摸船壁，感慨万千。这时狂风恶浪在海面咆哮，高高的浪头砸向新船，而新船像威武的长鲸，矫健疾驰。

《少年科学》，1984年第6期，施嘉凤改编

狭　缝

黄人俊

　　上官平出身贫寒，从小失去双亲，在家乡父老的接济下才上了大学，尽管他一贫如洗，但由于他那种持之以恒的进取心和锲而不舍的性格，他的学习成绩令人瞩目。毕业时，他的题为《超强物理状态下氢原子的反演》论文倾倒四座，被第三核物理研究所所长看中，分配到三所工作。

　　上官平到三所之后，提出了"AH试验"的方案，经过一年多的"烧香叩头"，方案始获批准，设备的调集和安装又花了近三年的时间。

　　试验的主要设备是一个巨大的球形容器，外面有密密的超导线圈包着，16台γ激光器指向球体中心。在超高真空的球体中心几立方厘米的狭小空间里，有几千万度的高温、几万个大气引压以及几万高斯的强磁场。由高压喷射枪射入的氢原子流一进入这儿，立即被粉碎，电子和质子复合成一种异常的中性粒子。如果状态控制得当，中性粒子就会裂变成带负电的质子和带正电的电子，组成奇异的反氢原子。这个过程就是所谓氢原子的反演。反氢原子和氢原子相遇，便能释放出比热核反应还要大千万倍的能量来，上官平认为，在某些无法用热核反应来做解释的能释放巨大能量的天体中，进行的正是上述演变。

　　然而，AH试验出师不利，在半年多的时间里，他们没有观察到哪怕是一个反氢原子。失败的次数已无法记清，记载实验失败的记录本已放满了两个抽屉。

　　上官平认为，反演过程的成功取决于许多超强物理状态的奇妙组合，交叉的结果几乎是一条狭缝。为寻找这条狭缝，上官平发疯般地一次又一次冲击，结果是一个接一个失败。

　　试验小组原本有三个人，另两人先后离去，只剩下上官平。支持试验的老所长去世了，后来的所领导对AH试验失去了兴趣，风言风语不断袭来，说上官平想用国家的财产为个人树立一座虚妄的纪念碑。面对各方的压力，上官平痛苦极了，几次想撒手不干，最后还是坚持下来。

　　寂静的控制室里，灯光已亮了第三个通宵，AH装置正常运行的时间在不断延伸，大显示屏不断绘出一幅幅图线和一批又一批的数据，一切正常。突然，猛烈的爆炸发生了，把位于山谷中段的研究所震得直摇晃。反氢原子终于出现了，而年轻的上官平却献出了宝贵的生命。

《科学文艺》，1984年第6期，庄秀福改编

W高层建筑

嵇　鸿

　　我爸爸是个科学家，最近很忙，在搞一个称为W的高层建筑。在大家眼中，它既神秘又占地太多，因此很多人不理解这项工作。但我想爸爸总是对的。

　　夏末秋初，棉田里的棉铃渐渐长大，就在这时，灾难突然降临：棉花田里发现红铃虫蛾子，这些不速之客为数不少，如果不及时消灭，几十亩棉田准得全部遭殃。为此，大家都很急，我爸却说："我帮你们消灭红铃虫。"话虽如此，但大家心中仍惴惴不安。想不到第二天棉田里到处是红铃虫的尸体，没一只存活的。这时谁都明白，这与爸爸有关，并且与W高层建筑有关。

　　过了不久，预报有一股强冷空气袭击本地，大片的蔬菜及农作

物怎么办？大家愁云满面在凑办法。想不到爸爸又说："我来帮你们解决。"当天下午气温骤降，小河也开始结冰。有了上次的经验，大家比较有信心。第二天一看，果然田里的作物一点没受到冻害，而且长势很好。大家都用赞许的目光望着W高层建筑微笑，我在旁看着，从内心为爸爸骄傲，为W高层建筑骄傲。

有天早晨，我放出去的鸽子，有七只一夜未归。照理鸽子是依靠自身的磁性判定方向的，再远也能回家。我心想这究竟是为什么呢？想不到叔叔又出了件大事。他放在W高层建筑底层办公室抽屉里的一只公文包上的拉链同铁质搭襻全部失踪，仅留下牛皮壳，包内的工程单据一张不少。现在，他脸色苍白正在家里清点单据，这时爸爸回来了，知道后就严肃地批评了叔叔："前天开会告诉大家，第二天要进行微波功率加强到20万千瓦的试验。意味着发射时周围会产生变化着的磁场。金属中会产生极强的涡流，产生的热量可使本身熔化。只有那些绝缘体才不会有此现象。说明开会时你没听。"叔叔也感到自己错了。爸爸看我瞪大着双眼接着说："这次强功率微波是向20千米外一幢大楼发射的，他们装有接收器，收到微波后即把它转为电能，在那里一按电钮就可以有电了。现在全市每家都装有接收器，因此用电问题就解决了"。当我问到红铃虫的消灭和植物不被冻死的原因时，爸爸说："其实W高层建筑就是微波发射站。当微波射向植物或虫体时，可以使其分子剧烈震动而产生热量，因此可防冻，也可使虫体死亡。"爸爸的一席话把我的思路打得更开了，人类真正需要科学。七只鸽子这时飞了回来。一切都明白了。

《少年科学》，1984年第4期，施嘉凤改编

矛尾鱼，我听见你的呼唤

林树仁

　　舟山号远洋考察船正行驶在印度洋上，在一个叫儒尔昂的小岛附近发现了矛尾鱼。矛尾鱼是一种远古鱼类，科学家一直认为它在6000万年前已经灭绝，但在1952年的圣诞节，有人捕到了一条矛尾鱼，然而此后却极少见其踪影。为了研究这种珍稀的动物，年轻的女海洋鱼类学家李惠娜冒着大风，独自驾驶潜水小艇追踪而去。没多久，小艇与考察船失去了联络。为了寻找李惠娜的下落，并设法捕到矛尾鱼，船长刘民另驾一艘潜水小艇潜下海去。

　　小艇向下潜着，海底景色尽收眼底。不料意外的事情发生了，小艇下潜到它的极限深度还止不住，似乎有一股无形的力量将它拉向无底的深渊，最后潜到了海底。刘民一看，这儿是一块平坦的谷地，一个像足球场那样大的半圆形物体矗立在那里，物体下部有几个巨大的圆洞。刘民估计，这儿的水深起码有800米。他这艘只能下潜500米的潜艇竟然没有被压扁。这究竟是怎么回事？刘民思索时，声波通讯机里传来李惠娜的呼叫。刘民赶紧回答："我是02号，你在哪里？"

　　"我在海底的半圆球里，这里空无一人，请沿着圆洞进来。"

　　刘民马上驱动小艇驶进了半圆球。球体如一间宽大而舒适的房子，只有一半是水，有几十条矛尾鱼在水中畅游。原来这儿是矛尾鱼的栖身之处。

　　刘民与李惠娜会了面，他们在半圆球里巡视了一遍，发现它是一所水下研究室，里面有可供两人用一年的食品和水，还有一个设备完全的实验室，一台日立牌电视正播着国际电视台的新闻："……日本科学院的一艘科学考察潜艇遇难，大川博士下落不明。"但因为某些通信设备已损坏，刘民无法与地面取得联系。他们后来又在一个抽屉里发现了一本日记，这是一个叫大川的日本人留下的。通过大川的日记，他们了解到，这儿是日本人花了300万美元修建的秘密水下实验站，专事矛尾鱼的研究。大川已取得了不少成果，有的还拍成了资料片。

看完日记，李惠娜和刘民拟定了工作计划，决定利用已有的资料和随时可得的矛尾鱼，继续进行研究。他们做好在水下工作一年的打算，因为种种迹象表明，只有在圣诞节前后，才有可能升上海面。在一年中两人默契配合，对矛尾鱼的研究取得了前所未有的成果。

12月25日，李惠娜和刘民做好了一切准备。中午，警铃响了起来，他们带上全部资料和几条矛尾鱼，驾着自己的小艇，向海面驶去，终于重新回到舟山号，踏上了归国的航程。

《科学文艺》，1984年第1期，庄秀福改编

雨夜神眼

林 叶

妈妈因工作晚上不回家，我只能随爸爸去值班管仓库。

仓库的墙壁都镶嵌着瓷砖，屋顶圆圆的，红色的大铁门关得严严实实，三堵墙各有两扇窗，由于库房内存有即将出口的贵重珠宝玉器等工艺品，所以一定要保管好。

值班室在库房对面一幢楼的二楼，室内整洁明亮，另一位值班的李叔叔在看书，他是研究所的工程师，和蔼可亲，他怕我寂寞就和我下棋。正当我们酣战时，突然放在窗前台上的一架仪器响了

起来，红灯亮了，在红灯下注有"南1"的字样。室内顿时紧张了起来，爸爸和李叔叔拿起手电就去仓库，我好奇地悄悄来到南1窗下，只见爸爸揿一下电子机关，立即门开灯亮，仓库可真美啊！只见爸爸和李叔叔在通道中搜寻着，蓦地，他们朝一个方向追逐一只猫。突然这只猫窜到窗口，被我按住，我心想"盗贼"被逮住了，这下可放心地下棋了。

李叔叔还是不放心地在观察及丈量。回到值班室时李叔叔对爸爸讲："这警报器的响声不是由猫引起的，猫的高度及猫的红外光波段，都不会引起敏感器反应，猫进仓库是假象。"随即李叔叔又在报警器上按一下电键，面板上出现了一个像手表似的带刻度的小盘，上面有一根红针，能转动。只见红针在270度处停了下来，并亮了一只小红灯。说明贼在这个位置。

李叔叔又拿出夜视仪，接上电源，对着目镜一看，一个人在顶梁的人字架上而且在开始下滑。又看着他撬开货箱偷拿珠宝，我真急死了，绝不能让他跑掉！

这时爸爸已不在屋里了。当我再用目镜看时，看到贼已在窗台上准备往下跳，想不到在电子指令的指挥下，装有定向活动开关的透明的玻璃钢板弹起，贼恰跳在板上。

那贼既遭电击，双脚又落入板上的两个洞内动弹不得，只见爸爸很顺利地用手铐铐住盗贼的双手。

真太神奇了！真正做到了既保护了国家财产又安全可靠。在我要求下，李叔叔告诉我："一切物体都会辐射出一种比可见光波长还要长的红外光，人的肉眼见不到。

自100多年前科学家发现它以来，已被应用到科研、军事侦察、保卫工作及工业生产上。这夜视仪就是由于红外光刺激敏感器后经过电子线路变为电信号而报警的。"

《少年科学》，1984年第8期，施嘉凤改编

绿茵场上的挑战者

刘兴诗

暑期刚开始，石头胡同的小足球队员可兴奋呢！为了能进市少年业余足球训练班，同学们必须踢好选拔赛。

在足球明星王飞带领下，队员们发扬拼搏精神，运用灵活多变的战术及娴熟的基本功，击败了所有的参赛队。守门员小胖更是得意非凡，想象着手捧奖杯与李教练见面的美景。谁知不知从哪儿突然冒出一个由老伯伯带队的机器人足球队要参加比赛。

由于组委会找不到不让它们参赛的依据，我们只得与它们较量。比赛中，这些貌似笨拙的家伙都变得非常灵活，头顶上的天线不停摇晃，眼眶中两只"眼睛"忽明忽暗，传球、跑位都恰到好处，球门更是固若金汤，猛攻都不见效。而小胖守门，虽使出全身解数，还是像决口的河堤，球一个接一个地直泻网内。以0∶24告终。不服气！主持比赛的同志也看出了他们的心思，说："不服气，可以再比。"这可是个好机会，为了能取得胜利，小胖四处寻找李平教练，想向他讨教。在一座僻静的小院内，小胖见到老伯伯在重新安装机器人，还输入了语言程序，给机器人赋予了更多的活力。老伯伯见到小胖，主动让机器人随小胖到石头胡同，指导他们的队员练球。从此机器人变成了严师，不管刮风下雨，还是骄阳似火，不许队员偷懒，逼着他们艰苦地训练。队员们进步都很大。

没多久，小足球队与机器人队再次比赛，吸引了很多观众，由于两队实力相当，比分牌上始终是0∶0。在最后一分钟，王飞一脚凌空香蕉球，使守门的机器人也无可奈何。比分改写为1∶0。全场沸腾了。队员们苦尽甘来，流出了喜悦的热泪。这时坐着观战的老伯伯捧着奖杯走向王飞，说："好样的，你们是真正的冠军。"并自我介绍："我就是李平。"还宣布，"你们已毕业了，我欣赏你们的球艺，更喜欢你们不服输的精神"。

《少年科学》1984年第1期，施嘉凤改编

归　来

——《β这个谜》续篇

刘肇贵

石波教授和贝塔乘飞机离开长岛，1小时后，飞机偏离了原来的航线。

机器人贝塔不愧为灵异之物，它意识到飞机已被劫持。石波教授获悉后立即命令贝塔去前舱看看，不料贝塔有去无回。劫机者很快把飞机降落在大洋的一座孤岛上。除石教授外，乘客都被赶出了机舱，余下的全是机器人。

飞机继续起飞，最后降落在一座更为荒凉的小岛上。石教授被赶到岛上，坐上一辆无轮长脚的智能汽车，半小时后他被机器人推出车门落到乱石丛中。这里没有树木，连青草也很少见。在乱石中，石波教授发现石缝里躺着一个50多岁的人。据他说，他是普林斯顿大学的科曼教授，也是被机器人莫名其妙地劫持到岛上来的。他恳求石教授去弄点水，石教授好不容易才找到了一小杯湿土，科曼润了喉后，精神稍有振作，便对石教授大谈计算机智能不久将会远远胜过人的思维，它们会无休止地大量繁殖自己的后代，人在这种逆境中面临的将是死亡。

石波教授对科曼的言论一直保持沉默。第二天，为了寻找湿土，他越走越远。当他爬上山冈向下望时，发现海滩上的那架飞机还停留着。石教授喜出望外，直奔飞机。他在飞机前舱发现了平躺不动的贝塔，只见贝塔头部有伤痕，旁边有仪器和工具，教授心里已有所明白，原来劫机者企图把贝塔的脑子换到自己的头上。正在此时，劫机机器人西格马出现在石教授面前，石教授毫不畏惧，佯装可以帮助将贝塔的脑子换到西格马的头上。

西格马相信了教授的许诺，顺从地并排躺在贝塔身边。西格马被石教授抚摸了一下以后立即死去，而死去的贝塔却被教授很快救活了。

就在教授调整西格马脑中的控制程序时，贝塔发现了海上有一艘快艇正冲着飞机方向驶来。贝塔感到来者不善，于是频频催促石教授下令起飞，但石教授镇定自若，不以为然，继续给西格马调整程序。

就在贝塔实在沉不住气时，被调整好了程序的西格马复活了，它霍然起身，冲出机舱，走下舷梯，怒气冲冲地跑向海边。

从快艇上走下来的都是全副武装的机器人，还有西格马的主人贝多以及教授科曼。西格马大步流星般地迎了上去，宣布人类是它们的敌人，机器人不属于、不服从于任何人，就是它的主人也不例外。同时命令所有机器人跟着它去贝多实验室繁殖后代。西格马的话有着无穷的威力，那些机器人包括科曼，一个个都跟着它上了快艇。无论贝多怎么呼唤，西格马不屑一顾地开着快艇走了。

这时，贝塔把飞机启动了。在飞机上贝塔担心西格马要是真的去繁殖它们的后代，那可真是会害人不浅。但石波教授告诉它不用担心，西格马此去不可能繁殖后代，相反，它们在捣毁贝多实验室后，将会走进大海，埋葬自己。

贝塔听后恍然大悟，对教授的神机妙算十分钦佩。啊，人类永远是机器人的主人。

《科学文艺》，1984年第1期，王纯之改编

晚 晴

叶永烈

"天上月儿圆，地上人团圆"。中秋节的夜晚，月亮没有露面，我们一家四口吃着团圆饭。二儿子阿清从海里抓来的蟛蜞养到今天才拿出来吃，一对大螯比老虎钳还粗。二媳妇阿芳掰开那比手掌还大的蟛蜞壳之后，挑了一块蟛蜞膏给我。小孙子小华问道："奶奶，伯伯在北京过中秋节能吃到蟛蜞吗？"小华说的伯伯就是我的大儿子阿松。一提起阿松，我吃团圆饭的兴趣就没了。草草地吃完饭，我就躺在竹床上，可是怎么也睡不着。我知道我在想阿松，想起了在北京度过的那些日子……

那是两年前中秋节的前夕，阿松从北京出差来到家乡。

"妈，你到我们北京去度晚年吧，那儿是首都，还有你没有见过面的儿媳妇和孙女呢。"

在旁的二儿子和二媳妇都说："妈，你劳碌了一辈子，做了一辈子的乡下人，连火车都没有坐过，该去享享清福。"在他们的劝说下，我决定去北京。孙子没有什么送给伯伯，就拿了一棵家乡的水仙花送给他。

从来没有坐过火车的我，现在不但坐了火车，而且还坐了飞机，在中秋节的晚上到了北京。北京的生活条件的确不错。从家乡带来的水仙花已经开了，那冰清玉洁的花瓣，金子般的花心，扑鼻的清香，给节日里带来了愉快的气氛。

"水仙离了土，开花之后就要枯萎的。"我不禁感叹起来。阿松听出我的话中话："妈，你怎么了？"我终于说出了心里话："妈像水仙花一样，离不开家乡。"阿松一家被我的思乡之情打动了，孙女小莉还主动送我回家乡。小莉在家乡住了三天，临走时还在外墙挂了张从北京带来的黑色的软纸，面对着家乡的江面。

一年后，我又被小莉请到了北京。我的卧室完全变了样，全是家乡的摆设，竹床、八仙桌、藤椅、金漆圆凳……墙上挂着那张曾挂在我家外墙上的软纸。接通电源后，黑色的软纸上出现了家乡的水、家乡的山、家乡的美景。阿松告诉我，那黑纸上有一层液晶，还纵横交织着千根金属细丝。纸的上下轴里，装有许多集成电路，这张黑纸叫作"景色记录屏"，它能把景色记录下来，通电以后，又能把记录下来的景色逐一显示。它在我的家乡挂了一年，记录了家乡四季的景色，这样，它可以在我的卧室里循环显示一年的家乡景色。

晚上，菜全部是家乡的菜肴。我终于明白了阿松的用意，他创造了家乡的气氛，以便消除我的思乡之情。

我在北京待了半年多，还是回到了家乡，阿松创造的家乡的景

色、家乡的摆设、家乡的菜肴，还是没有留住我的心。

《科学文艺》，1984年第3期，高毅敏改编

长洞飞天

陆若冰

美术电影制片厂的凌厂长和芙蓉铁路旅游公司的况总经理，从素不相识到成为莫逆之交，还有一段故事呢！

春天，美影厂在凌厂长带领下到敦煌莫高窟去搜集创作素材，在火车上与况总经理相识。一方是兴高采烈地去搜集最美的素材，一方是唉声叹气地仅为散心而去莫高窟的。随着飞机和巨型喷气飞艇运输的发展，铁路客运量逐渐减少。芙蓉山铁路两侧虽然有自然公园，但也有世界上最长的，长度近50千米的大隧道，就是因为这条大隧道，硬是把旅客的生活环境从大白天变成黑夜，而且时间长达半个小时，谁愿意受此罪呢！

当他们到达莫高窟时，看到了早在公元360年的东晋时期就开始兴建的千佛洞，在高低错落、鳞次栉比的五层洞窟里，有2400多尊佛像，大的高30多米，小的仅拳头大小，都栩栩如生。尤其是洞窟壁画，490多个岩石壁龛上更是处处描金绘彩，绚丽夺目，从佛家传说到历史人物，都精巧细致地跃然壁上。唐代的飞天艺术，形象逼真，个个呼之欲出，真使人叹为观止。

美影厂的肖设计师对况经理说："你若把莫高窟的壁画，按1米长的画面排列起来，可以构成50千米的画廊，再把画廊放进50千米长的隧道里去正好！"经小肖一说，大家就议论开了："看电影是人静坐，由画面的连续变换来实现的，根据相对运动的原理，如果把画面固定，人随火车运动，不断地从窗口看变换着的画面，就能

达到看动画片的效果……"大家的议论，使况总经理陷入了对未来的隧道电影院的憧憬中。

老况回家后经过商讨，说干就干，画面设计请美影厂解决。经过半年多时间的努力，元旦前夕新的隧道电影院开幕了。参加首映式的同志，在火车上看到进入山洞时，突然出现色彩绚丽的动画画面，伴随着音乐及讲解，又如再次到了莫高窟，飞天的形象似乎真的飞了起来，半个小时的旅途一晃而过，大家都还意犹未尽呢！热烈的掌声赢来了老况的热泪，成功啦！

《少年科学》，1984年第3期，施嘉凤改编

怪 黑 板

树 森

徐老师是我们班的化学教师，50多岁，瘦削的脸上刻满了皱纹，头发花白，身体不好，有哮喘病。虽然他声音不洪亮，但知识渊博，语言生动幽默，同学们都喜欢听他的课。可惜每当擦黑板时，由于粉笔灰的刺激引得他一阵紧咳，有时咳得脸涨得通红，弓着腰，直流泪，上气不接下气地直喘。同学们都吓呆了，劝他休息他不肯，实际上他口袋里还揣着病假条呢！我们都积极想办法解决粉笔灰的问题。我灵机一动，端来半盆清水，找来一块抹布，帮徐老师擦黑板，灰少了，徐老师咳嗽也少了。

当我得知今天下午由徐老师主讲照相原理时，照例提前准备好了一盆清水及一块抹布，但发现今天黑板已换成一块透明的大玻璃，光滑的表面怎么能写字呢？这时徐老师讲到照相底片为什么能留住影像时，只见他在玻璃上写了"卤化银光→卤素+银"的黑色字体，当徐老师的手离开玻璃时，上面的字也随之消失了。奇怪，在怪黑板上写的字会是黑的？徐老师猜透了我们的心思，举着手，让我们看清他握着的笔，原来是一支手电筒。当光笔照到哪里，哪

里就出现一个黑色的笔画。这究竟是什么道理呢？徐老师拿出一副变色镜，经过几次试验，发现镜片在阳光下变暗了，在没有阳光的直接照射时，又恢复成如同普通玻璃一样的透明。经过徐老师讲解，我懂得了，这玻璃黑板就是用光致变色玻璃制成的。原理就是在普通玻璃的原料里加上卤化银，卤化银颗粒极小，所以不影响玻璃的透明度。在强光作用下卤化银分解，分解的程度随光的强度而变为深浅不同的颜色。当光线变弱时，卤素与银又合成卤化银。怪黑板就是这么形成的。科学真是伟大！我为现代科学也进入了课堂而感到高兴，更庆幸徐老师不用再"吃"粉笔灰了。

《少年科学》，1984年第5期，施嘉凤改编

梦里寻你千百度

王亚法

在纽约的唐人街有一家"华利书画店"。店主刘伲，年近50岁，是中国著名画家刘石呆的后裔。刘伲不会画画，他的特长却在于凭他的生意手法，对名人字画胡编乱造地讲出一套来龙去脉和艺术特色，来蒙骗外国人。就在华利书画店买卖日益兴隆的时刻，发生了这样一件事：一位著名华裔红学家、文物鉴赏家孙淳博士用红外线测定技术，发现唐人街的华利书画店历年来售出的中国古今名人字画，全属赝品。经法院调查证实，店主刘伲勾结黑社会分子，伪造名人字画，走私贩毒，罪证确凿。昨天法院已查封了该店，刘伲拒捕潜逃，警察局正在追捕之中……

在一片雪松丛中，有一幢中国特色的建筑，在木格玻璃窗里，透出黯淡的灯光。屋主人正伏在写字台上工作。突然，一个蒙面黑影冲进屋去，掏出手枪，对准文物鉴赏家孙淳博士，"嘿嘿，我今天终于找到你啦！原来你就是沈一诚……"

沈一诚从容地放下笔，随手按下写字台上的一颗按钮，然后镇定地站起来说："快把枪放下，去警察局自首！"

"乒！"刘伲扣动扳机，写字台前溅起一簇火花，但子弹仿佛被无形的玻璃挡住了。刘伲有点儿慌了，又开了一枪，子弹仍然被弹了回来。刘伲放下手枪转身想溜。可是，他已被电离层包围了，一双灵巧的机械手伸向刘伲，抓住了他的衣领，把他整个儿悬空吊了起来，犹如泄了气的橡皮人一般悬在空中。

"你把吴玉宇藏到哪里去了？"沈一诚愤怒地问。

刘伲狞笑着说："我实话告诉你，她现在已被毁容了，成了一个没人爱的丑八怪。为了避离人世，她已搬到阿拉斯加州的一个小岛上去居住了。她正在研究用电子计算机续写《红楼梦》。"

听到这里，沈一诚腾地站起来，给警察局打了电话。

几分钟后，刘伲被押上了警车。沈一诚轻轻地叹了口气，望着窗前的树影，陷入了回忆中⋯⋯

20年前，一个春天的下午，沈一诚正在书房里，突然被一阵叩门声惊醒了。只见门口站着一位肤色白皙，体态丰匀的姑娘。她双手抱着一沓稿纸，仰起头，用轻柔的声音问："沈一诚老师在家吗？"

"对，我就是。"

"我叫吴玉宇，是林牧老师的学生。林老师托我把这本《新续红楼梦》还给你。"她一跨进书房，把那沓稿子放在写字台上，就开口说起来。"听林老师介绍，你很有才气。你的大作我拜读了，确实不错，不过写得再好也不是曹雪芹自己写的。我有一个十分幼稚的设想，在当今电子计算机盛行的时代，人们完全可以凭借现代科学技术，把《红楼梦》的前八十四回编成顺序，储存到智能计算机里去。这样，智能计算机可以根据曹雪芹作品的原意，将后面的故事继续进行下去。这个大胆的设想，我曾经跟我爸爸说过，他是中国科学院电子计算机研究所的副所长，也是一个'红迷'。"

"呵，太好了，有机会我一定向他请教。"

自从上次见面之后，他俩接触越来越密切。如果说世界上确有一见钟情的恋爱的话，那么沈一诚和吴玉宇就是典型的一对。

一阵猫头鹰的啼叫声，惊破了沈一诚的回忆。他准备天一亮就坐飞机赶到阿拉斯加，去寻找他在梦中寻找了千百度的恋人。

开往阿拉斯加的波音飞机，在天空飞翔着，望着窗外浓密的云朵，沈一诚在沉思：

19年前，也是这样的季节，他在叔父的资助下，只身来到美国求学，研究"电子文学"。这是一门电子计算机和文学相交叉的边缘科学。在国内时，他曾和吴玉宇商定好，一旦他获批研究该课题，由玉宇在国内向他提供《红楼梦》资料。他刻苦做编码、储存工作，争取在极短的时间内做出成绩，然后再把玉宇接到美国……

由于他们的合作，在半年里，他已整理出一份提纲，以电子邮件发给了吴玉宇。可是，始终没有收到回信。

一天吃晚餐时，沈一诚照例打开电视机，收看来自祖国的电视新闻。突然，一条醒目的消息映入他的眼帘：上海青年画家刘伲，是著名国画家刘石呆的孙子。他在整理其祖父的遗物时，发现了一本陈旧的《红楼梦》抄本，该本有十五回曹雪芹佚文，是世所未见的。

"十五回？"这简直是太激动人心了，沈一诚转身拿起话筒，给吴玉宇挂了长途电话，他想请她设法把刘伲收藏的十五回内容寄来看一下，可是他失望了，接电话的人告诉他，吴玉宇小姐跟人出去旅游了。

一次，两次……沈一诚已经记不清打了多少次电话，可没有半点关于吴玉宇的消息。

半个月后，沈一诚接到林牧表姐的电话。她说吴玉宇已跟刘伲结婚了，现在已去国外，详细地址没有人知道。沈一诚获悉此事后，就像跌进了深渊一样。他病倒了。

"丁零零……"突然电话铃响了。话筒里传来了玉宇颤抖的声音："我……对不起你，我上了这个骗子的当，一切都迟啦，请你永远忘记我吧……"吴玉宇凄婉的话讲到这里哽咽住了。

突然，话筒里传出了一个粗暴的男子的声音："放下，不许你与他通话！"

"不，你没权干涉我与人通电话的自由……"

显然，吴玉宇与那个男人在争吵。顷刻间，争吵声变成了厮打声和谩骂声。

沈一诚紧握着话筒，呼叫着，可是电话被切断了。

现在，沈一诚为了寻找吴玉宇来到阿拉斯加。

经过长途行驶的出租车，在一所旧式的别墅前停下。出来开门的是一个黑人老太太，名字叫黛丽丝。她用慈祥的目光朝客人细看了一眼，然后问："您是沈一诚先生吧？中国人？"

黛丽丝领着沈一诚，来到二楼的一个大房间，在湖蓝色的墙上，挂着一只披着黑纱的镜框，里面是吴玉宇的照片。她说：吴小姐秀美的面容已被那个流氓破坏了。吴小姐自从容貌被毁后，非常伤心，不久就得了白血病。但她抱病坚持工作，一直到她逝世的那一天，从未出过门。她跟我说，她所做的一切都是在还她年轻时一位男朋友的债。

沈一诚已抑制不住自己的感情，他站起来，要到吴玉宇的墓地去看看。

天，白茫茫；地，白茫茫。沈一诚踉踉跄跄来到墓碑前，用双手刨去周围的积雪，碑文渐露出来。"玉宇……"沈一诚恸哭着，把19年的爱和恨，集中一起迸发出来。不知哭了多少时候，他定过神来，和冰冷的墓碑作了一个最后的拥抱，然后，踩着白茫茫的雪地离去。

沈一诚从阿拉斯加回到自己的住处已有半个月了。有一天，邮递员交给他一包林牧表姐从祖国寄来的印刷品。他打开纸包，里边是一本"研究记录"的本子和一封信，这信是吴玉宇写的，沈一诚用颤抖的手撕开信封，抽出信笺：

一诚：

你看到这封信时，我已不在人世了。但我不将心中十几年的积怨吐完，我会终生遗憾的。我活着，只是想得到你的一句话——"我宽恕你！"……也许我永远见不着你了，留下六十回《红楼梦》续笔和随信附上的研究记录，我深信用电子计算机续写使人信服的续篇是可望成功的。这不成熟的六十回，只是我童年时代梦的记载。我想这世界上唯有你，才能体会出"满纸荒唐言，一把辛酸泪，都云作者痴，谁解其中味"的真正意味。昨日夜阑更深，我吟了这样一首诗，它也许包含着我的全部感情。

> 人生在世歧途多　　身后与君谈劫魔
> 此生无颜会君面　　梦里寻你千百度

沈一诚读完信，紧紧地捧着那本研究记录。他仿佛在发誓："玉宇，我一定把研究工作继续下去！"

《科学文艺》，1984年第4期，李福熙改编

蓝天上的声音

许祖馨

银镜湖生态研究所的值班工程师程忠德、助理工程师黄云和青年技术员殷忠发，正聚精会神地注视着质子观察仪屏幕，突然发现东八区的湖面上有一只小船在划动着，船上有个人手中握着一根钓竿，东张西望，好像在寻找什么。

值班工程师程忠德对黄云说："你继续观察，我与殷忠发乘飞艇去检查。"转眼间飞艇已到东八区，可是湖面上一条船影也没有。程忠德赶紧用多功能微型步话机与黄云联系，才知小船已转移到了东十一区，飞艇追上并靠近小船。这时殷忠发尽量以平静的口气问小船上的人："你到这里干什么？"小船上的人似乎有点心虚，但故作镇静地说："我没有钓鱼。"并递过蓝色的空桶让殷忠发检查。在旁边没说话的程忠德接过桶，果然，桶内一滴水也没有。

飞艇离开小船驶去。

黄云仍在注视着屏幕上的船上人。小船进入东十三区后，船上人从口袋里拿出一只烟盒，抽出一支烟后，却把烟盒扔进了水里。黄云敏捷地打开备用自拍电视录像机加上质子放大器，在宽阔的湖面上搜索那只烟盒。

　　程忠德和殷忠发已赶回来了，他们三人继续注视着观察仪的屏幕，只见小船驶进东北角的一片芦苇丛，随后屏幕上的小船便消失了。

　　黄云睁大眼睛说："奇怪！他钻进芦苇丛干什么？"不慌不忙的程忠德从口袋里取出一只微型收发报机，一阵阵清脆而有节奏的声音在响着，这就是船上人发出的讯号。黄云感到惊异！这个讯号从何而来？程忠德笑笑，顺手取过录像带装在放映机上放了起来。只见程忠德在检查水桶时已把一只薄膜型放射器粘贴在桶槽缝里了。"现在我们听到的讯号就是从桶槽缝里的放射器发射出来的。"程忠德接着说，"从跟踪机发出的讯号来看，现在他正在休息，我们要抓紧行动。"他命令小殷通过直线电话与公安厅联系，叫黄云继续监视湖上动静，他去安排下一步追击任务。

　　看来，醉翁之意不在酒，船上的人不仅仅是为了鱼，而是为了在银镜湖进行着的声云研究工作。这是程忠德和全所同志奋战几十年的一项科研成果。这里也渗透着程忠德几十年的心血。他在中学读书时，就迷上了声云。进入大学后他专攻声学，做了很多研究。特别是在欧洲留学时，他在这方面的研究得到了许多国际知名学者的赏识。当时不少国家愿出重金聘请他为研究员，都被他拒绝了。回国后，他一直研究声云从未间断。随着声云技术的深入研究和应用，目前银镜湖在声云反射作用下，为鱼类创造了一个良好的生态环境，大大促进了湖中鱼儿、湖畔鸟类的生长，特别是在我国几乎绝迹的扬子鳄、白鳍豚、大鲵、四鳃鲈、中华鲟等珍贵动物，在这里也得到了良好的繁殖，这就引起了国内外科技界的关注。因为控制声云技术是当前世界上的一个尖端项目，因此完全有可能被人窃取。

程忠德想到这里，再也待不住了，驾上飞行器赶向发出讯号的地方。同时他又派人分别去搜索陌生人的营地和捞取水中物品及器件。

当程忠德赶到时，殷忠发已与公安厅派来的人从两面山梁夹截这个奇怪的船上人。

就在此时，程忠德身上的多功能微型步话机发出一阵急促的呼叫声："我是黄云，刚才保卫科人员从水里捞起了钓鱼竿和烟盒，发现里面装有十分精密的仪器，还附有自动记录装置和一系列运算公式。"接着微型步话机里又传来了陌生人的声音："我要找程忠德先生！我叫叶生。"程忠德简直不相信自己的耳朵，心里一震，天下真有如此巧事？这个被追赶的人竟是自己的老同学！程忠德差点叫出声来，但很快就镇静下来说："叶先生，现在由专人护送你去声云研究所。你要见的程忠德也那里。"

程忠德回想起最后一次与叶生见面时的情景。那是在回国前夕，叶生被西方一家公司用药物麻醉致病后住院。当时由于大家忙着准备回国，又只当他身体不好，也没有多加注意。原来是这家公司用了卑鄙的手法把他弄成假病住院，后来又从病房中把他劫持到了一个秘密实验基地。几年后叶生登报声明加入这个国家的国籍，公司才逐渐让他到社会上露面。

人世沧桑，一别几十年，如今竟在银镜湖相逢，两人都很激动。叶生在国外也一直研究声云技术，并从情报中得知程忠德在水温与声云的关系上遇到困难，而他却在这方面有所突破，因此一直想把此技术告诉程忠德，现借此访华机会，带来了自己设计的最先进的仪器和关键的运算公式。

程忠德听完叶生的话，心情非常激动："谢谢你对祖国科学事

业的关心和对声云研究工作的支持。在此，我代表祖国和人民向你表示感谢！"

《科学文艺》，1984年第1期，李福熙改编

小灵通再游未来（连载之一）

叶永烈

中午我跟铁蛋去未米市，跟着他直上办公大楼的顶层。只见水泥平台上趴着一只尖脑袋长长的、圆身子浑身透明的、外形似大龙虾的东西。铁蛋对着它说了声"快开门"，透明的门打开了，当我们进去后门即自动关闭。

铁蛋一按钮，大龙虾胸下伸出一对翅膀，像蜻蜓一样"唰"地一下飞了起来。坐在透明大龙虾内柔软的靠背椅上真舒服。

铁蛋告诉我这大龙虾叫"五用车"，会飞，可以当车行驶，还能爬山，更能在水中航行及潜水，未来市家家都有五用车。我是既摄像又录音。

突然在机舱中接到小虎、小燕发来的信息，要我们降落到东4096北5114的1302室。铁蛋闭目养神也影响了我，我也瞌睡了。不知过了多久，一束强光射来，我睁眼一看，逐渐已见到陆地了，我们最后停车在一座高楼的楼顶上，小虎和小燕已候在那里，老朋友又见面了。我们一起来到1302室，小虎对着门喊了声"开门"，门即开了。我围着门好奇地探究并关上门，我也对着门喊"开门"，可门就是不开。后来才知道在锁的磁带上录过音的声音喊上去才能开门。这可太好了！对常丢钥匙的人来讲可以永远不要钥匙了。

《少年科学》，1984年第10期，施嘉凤改编

小灵通再游未来（连载之二）

叶永烈

老朋友相聚就忽视了时间，一转眼已是下午6时了。小虎、小燕让我先去洗个澡。可是我没带换洗衣服，咋办？小虎讲："不要紧，叫电脑先测量一下尺寸，等洗好澡新衣服即到。"

"真有此事？"

我站在电脑前，原地刚转身360度，屏幕上就出现了我的身高、肩宽、胸围等尺寸，铁蛋打电话与服装厂联系后，屏幕上又出现了我的形象。并根据我的职业提出了服装式样及颜色的建议，而且在屏幕上我不断地更换各式服装不下百套，真看花了眼，最后终于定下一套最满意的。

进入洗澡间，只见墙上有两个分别刻着"干"和"湿"的按钮及一个带有箭头的旋钮，箭头两头写有"冷""热"的字，经过试验我弄清了："干"即吹风，用旋钮朝"热"方向转配合"干"浴，真是春风拂面，吹走了身上的尘埃；然后按"湿"，四壁射出热水冲得人心旷神怡，干干净净；再按"干"钮，吹干全身。这样既不要肥皂，也不要毛巾，就洗了个舒服澡。

我刚洗好澡，内衣及刚定做的西服都放在浴室门口了，穿在身上既合身又好看，而且找不到一根缝线，原来都是用胶水粘住的，很牢。我正想掏钱却被小虎阻止了。原因之一这是他们送我的礼物；原因之二这里都不用现金，未来市每家都把钱存在银行里，然后领有一张使用卡，都有账号，买东西时只要用卡，由营业员通过电脑把买主应付的钱从银行转账到商店的账上。卡上面还印有持卡人的指纹，不怕遗失。

《少年科学》，1984年第11期，施嘉凤改编

小灵通再游未来 (连载之三)

叶永烈

第二天，我怀着好奇的兴奋的心情随小虎、小燕和铁蛋去参观未来市新建的空中少年宫。在五用车上只见小虎、小燕不停地在摆弄着手表。原来这只手表是多用表，它既能看时间，又能当袖珍的电视机及收录机，而且还是微电脑。所以他们聚精会神地看新闻和电视讲座。而铁蛋用袖珍的无线电向《未来时报》投稿。

不知不觉我见到前方飘动着一个巨大的银色的"橄榄"，这就是空中少年宫。它是用最牢固的合金替代钢材做飞艇的脊梁骨，充满的是不会燃烧的氦气，所以空中少年宫是一艘既不怕火又不怕风的新一代飞艇。

进入少年宫有一种进入仙境的美感。在停机坪中铺的是硅片，利用太阳能发电，一点污染都没有，宫内还有电梯，内设很多剧场、电影院、测量天文站、气象站、游泳池、溜冰场等设施。我到处跑到处摄影，真是新鲜。我又从望远镜中看到空中有很多空中轮船，还装着帆。仔细一看，原来是空中旅馆、餐厅、疗养院、工厂等，真太奇妙了。一天的参观收获真太大了。在回去的路上已知铁蛋的诗已退稿，还知道《未来时报》刊登了欢迎我的报道，真是快速度、高效率。

我曾听说未来市看病时病人不出家门，电脑大夫利用电视电话及电话机前的"遥诊"设备，只需3秒钟即可诊断出结果，并显示在荧屏上……所以我很想去采访。小虎他们同意了。

这次用五用车作地面上行驶的工具。在街上座座大楼都是庞然大物，五用车一辆接一辆如河中"鲫鱼"。突然见人行道上一位老人昏倒，由于我们恰去医院，在众人帮助下，把老人扶上了车。只

见老人的头发、胡子、眉毛都花白，脸色惨白、双眼紧闭、两颗门牙也跌断，鲜血染红了嘴唇，处于休克状态，越看越急人 。小虎以最快的速度通过地道，仅几分钟就到达一幢雪白的有50多层的大楼——未来市医院。在两位年轻医生的协助下小虎用手推车把老人推到急诊室。又见一位50多岁的老大夫坐在那里，只用眼睛看一下病人，两位年轻大夫不太熟练但非常认真地检查了病人。只用3分钟就分别在纸上写着什么，然后交给老大夫，他们看上去对病人漠不关心。接着就听他们在讨论。两位年轻的大夫中一位诊断老人为高血压引起脑血栓，一位诊断病人为心肌梗死引起晕厥。真是一副"急惊风遇见慢郎中"的景象。又只见老人变换着病情，变换着各种病的典型症状。两位年轻大夫跟着"病情"不断地诊断毛病，老大夫也不断地评审。原来他们是在进行实习考试。考试完毕老人

坐了起来，一切正常。这位老人原来是病人机器人，是铁蛋的铁哥们，真使我也受益匪浅。

《少年科学》，1984年第12期，施嘉凤改编

来自魔谷的通讯

张庆麟

一天，我到久违了的高中同学霍坚家去。在等他时，我看到桌上有一本《神秘地记游》，翻开一看，原来是一份科学考察报告。书中写道："在美国加利福尼亚州圣古鲁市郊的森林中，有个奇异的地方，称为神秘地。这里一切都是倾斜的，包括树木、建筑，而人站着时，只有与地面以60度左右的斜立时才舒服。1940年，有人想在山野中建别墅，买了这山谷及谷南的小山坡，当工程师来测量时，一到山坡就头晕目眩，仪器都失灵，离开此地，一切又恢复正常……"

看了此书后，联想到两年前我与报社同仁去西双版纳傣族自治州首府景洪时的情景。在老猎人阿洪伯的带领下，我们沿一条蜿蜒的山路走去，四处繁花似锦，进入密林，古木参天，荆棘遍地，只见猴子在树间跳跃。突然，飞来一只巨大罕见的大蝴蝶，我赶去追捕，不料迷失了方向。在密林中我感到很恐怖，强烈的求生欲望使我向前摸索。只见前面有一片开阔地带，我还以为是公路，走近一看，是一片被踩倒的树木，还有比脸盆大的脚印及一个个很大的屎堆。我知道这是野象的脚印及粪便。野象的力气、大脚、长鼻都是杀生的武器，我想快逃，可野象真的来了。它恐怖的嚎叫声令人毛骨悚然。我想开空枪吓跑它，可是适得其反，反而激怒了野象，并

引来了一群野象向我猛冲过来。我钻进密林，用足吃奶的力气，拼命地逃跑。我奋力沿山坡向上爬时，忽然发现野象的嚎叫声停息了，它们无缘无故地撤离了。我这才喘了口气，颓然坐下。我感到恶心要呕吐，抬头一看，树木都形态怪异，大多斜向一边。由于归队心切，虽然举步困难，我还是走出了魔谷。

正在此时，霍坚来了，老友相见，当然十分高兴。在交谈中，我把刚才想起来的怪事告诉了霍坚，想不到引起他的极大兴趣，要我陪他去考察。

在阿洪伯的带领下，我们找到了魔谷。在爬山坡时，我跟在他俩后面，忽然发现比霍坚矮小的阿洪伯比霍坚高了。我叫住他们，叫他们对换站立的位置，霍坚又比阿洪伯高出了很多，这是为什么啊！霍坚讲："根据爱因斯坦的相对论，光线通过一个大度量的引力场时会发生弯曲，这样就引起高低不一的变化。平时我们所处的引力场还不够大，造成空间弯曲小，所以感觉不出。"

说话间我们已爬上半坡，只见树木都斜长，一测试，与地面都成75度倾斜，好像这里的重力不是指向地心的。这里的一切都与美国神秘地一样，仅是角度不同。在我再三询问下，霍坚解释道："自然界存在的重力、电力、磁力是三位一体的东西，可以互相转化的，可能美国的神秘地和这里的怪现象出现是因为有强磁场派生出的强重力场在起作用。"霍坚当场拿出罗盘观看，果然磁针已不指向南北了。那么怎么会产生强磁场的呢？我们一起在山坡上摸索，想找些根据，结果，霍坚根据地质学的理论，找到此山坡曾经有一个巨大的陨石坠落的痕迹。由此可以设想，很久前坠落的陨石是带有很强磁性的，它没有爆散，较完整地埋入地下，保持着强磁场，于是就出现了这种怪现象。当然这仅是猜想，但愿不久后，有志人士会提出更完整的解释。

《少年科学》，1984年第7期，施嘉凤改编

弟弟的生日

张炜岗

　　我叫丁欢，我有一位知名度很高、成就很大的教授爷爷，他虽然年纪已大，但身体还很好。我还有一个比我小两岁的弟弟叫丁乐，圆圆的脸上有一对小酒窝及一双大眼睛，惹人喜爱，就是太顽皮。由于父母在外地工作，因而爷爷、弟弟、我和慈祥可亲的奶奶在一起生活。

　　爷爷出差前夕带回一只大礼盒，说盒内装的是给弟弟的生日礼物，但一定要等生日那天打开，因此盒子被搁在书房里的书柜顶上。同时，爷爷把一个玫瑰色小瓶子放进写字台的抽屉里，并专门叮嘱说："这个瓶子不能乱动。"

　　爷爷出差去了，我们的心被书房内的两件物品吸引着，弟弟更是熬不住了，就谎称到书房取东西，从奶奶那儿取到了钥匙，破天荒地趁爷爷不在家进了书房。我虽没进去，但我仍密切地关注着弟弟的行动。只见他先去拿大礼盒，由于够不着，就从抽屉里取出玫瑰色小瓶并打开盖子，只见一缕玫瑰色的烟雾从瓶子里升起，随后弟弟便倒在地上。我被眼前的情景吓呆了，他好像是中毒了，我便大叫了起来并马上开动电扇，驱散烟雾，跟着奶奶直扑弟弟身旁。只见他双目紧闭，脸色苍白，任凭我们怎么叫唤他就是不醒。在邻居协助下，我们马上把他送进医院，经诊断，医生说："没希望了，是心力衰竭致死。"我和奶奶不由大哭起来，再三恳求医生也无用。奶奶决定先把弟弟送回家，马上通知父母及爷爷再作决定。

　　第二天得知这一消息的父母处理好手中工作立即赶回来，而爷爷马上派刘叔叔来面谈，要我们不要惊慌。奶奶埋怨爷爷不亲自来。不久，亲人们相继到来，爸妈进门放下行李就直扑弟弟身旁，

悲痛欲绝，泪流不止。而刘叔叔进门即说："你们怎么啦！大家不要哭，不要担心，乐乐会醒过来的。"啊！不要听错哦！这是真的吗？大家的眼光一齐射向刘叔叔。他介绍了爷爷他们已研究成功的气体麻醉剂，取名"M-7"，在猩猩身上都已经试验过，效果很佳。M-7的作用是迅速使动物全身麻醉，而且还会使心脏停止跳动，等麻醉作用消失后，被麻醉了的动物又会苏醒过来。这样可以防止手术时大出血。弟弟是打开了爷爷盛有M-7的瓶子才出事的。我们不禁松了口气，就与刘叔叔一起对弟弟进行全身检查，这样既可知道弟弟大约什么时候可以醒过来，又可记录M-7在人体上作用的资料。

就这样焦虑地过了4天，弟弟的小手微微动了一下，脸色也逐渐红润了，我们都高兴得跳了起来。这时爸爸打开大礼盒，原来是一套"少年科学丛书"，爷爷还写了"勤奋学习，长大当个科学家"几个醒目的字。

爷爷回来后，全家为弟弟过了个愉快、隆重、有意义的生日。

《少年科学》，1984年第2期，施嘉凤改编

惩　罚

喆　夫

种猪庞大固埃手术后的第一批后代诞生了，守候在母猪身旁的莉姨大婶疯了似的惊叫起来："来人啊！灾祸降临咱们家啦！它这生的是一堆什么怪物啊！"

蒂妮闻声奔来，"噢——"她倒吸了一口气，差点昏倒！母猪的肚下，是一堆粗香肠似的，没有鼻子也没有眼，没有耳朵也没有腿的粉红色肉块。这哪儿是小猪仔，只是肉块的一端长有一个猪嘴！

"这是你搞的名堂？我的大博士！"蒂妮跑到乔的跟前，将他一把拉进了猪圈。

乔博士竟毫不惊奇地看了一下这堆令人作呕的肉块说："它们一定会给你们的饲养业带来繁荣！这是人类饲养史上最为成功的突破！"

乔博士用烟头烙"肉团"，那些小东西竟毫无反应："喏，它们没有神经，它们身上除了育肥的必要器官外，其他全部消失。吃和睡是这种猪的全部生命活动。我再帮你们设计一套自动供食与除粪设施，这样你们的饲养场就成了一个培养植物猪的垦殖场了。"

"我的天哪！你是怎么制造这种怪胎的？你使用了什么危险药

物？"莉姨大婶不安地问。

"您真有点儿蠢！"博士有点儿发火了，"你真一点也不懂什么叫遗传基因吗？我只是给你们的种猪庞大固埃做了一些极为成功的手术，破坏了那些神经系统和内分泌系统中不必要的专管遗传密码的细胞，使这个畜生的精子中不再含有某些遗传因子，从而使其后代发生了根本性变化！如果需要，我可以为爱啃蹄膀的人培育有八条十条腿的猪！"

从此，养猪场像墓地一般沉寂，植物猪静静地吃，静静地睡，悄然无声地为蒂妮与莉姨大婶赢得了滚滚不断的钱财。但两位女主人心中有一种从未有过的孤独感、罪恶感！

意外的事情发生了。一天，母猪不再接受种猪庞大固埃的求爱。乔博士无奈只能用人工授精的方法使母猪受孕。

数天后，发生了令人更为惊奇的事件：怀孕的母猪不约而同地往栅栏上撞，在树丫中间硬挤，迫使自己流产。乔博士见了勃然大怒，为使它们丧失某些活动能力，决定给它们动点小手术！

"不，我决不允许！这样干是违反人道的！"蒂妮愤怒地夺下乔博士的手术器械。

就在这一瞬间，母猪像懂得了刚才发生的事一样，不约而同涌向博士，竟把博士冲倒在地。结实的猪蹄从他的脊背上敲鼓似的踩了过去，然后四散奔逃，转眼间跑得一个也不见，钻进了前边的密林中。遍体鳞伤的博士艰难地爬起来，在他破口大骂时，突然听见背后传来低沉的咆哮声。回头一看，只见庞大固埃挺着竹筒似的鼻子，一步步向他逼近，原来温驯的小眼睛放射着野性的光芒。

"你，你要干什么？"乔博士惊骇得毛发直竖，步步后退。他的背抵在墙上，无路可退了。"完了！"乔绝望地闭上眼睛。但那头种猪没有扑来，它仿佛受到某种力量的感召，突然掉头追寻那些逃跑的母猪去了。

逃亡的猪并没有回来，尽管从密林中传来阵阵饥饿的嗥叫声。没有几天，村里流传着野猪伤人的消息。蒂妮再也沉不住气了，她对着博士和莉姨大婶直嚷："我们真是些卑鄙的人！马上把真相告诉大家，接受有关部门的处罚。"

乔博士第一次变得低声下气："请相信我说的，家猪决不会侵害人类。请允许我去考察一番，如果没有同野猪混群，我一定有办法制服它们。"

乔博士荷枪实弹地在密林中勘察了整整一天，他没有找到出走的猪群，但从路边猪粪中有坚韧的木质纤维知道，没有獠牙的家猪是很难吃掉如此坚硬的树木的，准是有野猪在密林中活动。他回去可以告诉她们，不必自责了。

博士得意扬扬，正要回返时，眼前出现一盏盏"绿灯"在黄昏的密林中闪烁。他慌乱地扣动扳机，硝烟和铅弹并未吓退兽群，它们布成扇形包抄过来。当野猪继续逼近时，他突然发现在那头硕大的公猪不停煽动的耳朵上有几个缺口。他猛地意识到：这是庞大固埃！它的臀部还有烧灼的印记呢！

"啊，你们果真有理性，要报复我……"

庞大固埃发起攻击，侧着巨大的脑袋猛冲过来，乔博士只觉得仿佛有一辆全速前进的载重汽车撞在自己身上。

他苏醒过来时，肚子上一个被獠牙刺穿的窟窿正淌着鲜血，他自责不该违背了生物规律，忘记了"部分器官和本能的退化，必然同时导致另一些器官与本能的进化"的规律！使这些畜生迅速、彻底返祖变野。

莉姨大婶用所有植物猪的收益，交纳了地方治安部门的罚金，决心一切从头开始。

《科学文艺》，1984年第2期，唐生云改编

那里有颗夜明珠

曹 建

今晨1点43分，我国西南地区的B市发生了一次强烈地震。我以《科技报》记者身份，前往紧急采访。凌晨5点，当我们乘直升机抵达B市上空时，只见地面灯光闪烁。我心中十分纳闷，一座历经劫难后才几小时的城市，居然灯火辉煌，难道他们有夜明珠吗？

我一下飞机，找到负责抢险救灾的供电局王局长，顾不得客套，开门见山地发问："王局长，请你谈谈供电局是怎样迅速恢复供电的？发电厂和供电系统没有遭到地震的破坏吗？"

王局长答："这次地震来得很突然，发电厂和供电系统均遭到了破坏。至于我们为什么能迅速恢复供电，是因为能源部核电研究所为我市提供了一种可分装移动、体积小而功率大的拖车式核动力发电装置。如果不是因为需要临时架设一些供电线路的话，供电时间还可提前。"

汽车在道路上颠簸行驶不到一刻钟，我们在市体育场附近停了下来。王局长所说的发电装置是20辆大型平板载重拖车。王局长介绍说："在今天原子时代，用1千克铀-235全裂变所产生的原子能，就相当于2500吨的优质煤燃烧时释放出的能量。而且装一次核燃料，就可以运行好几年，既不污染环境，占地面积也不大；尤其是它能迅速装拆和灵活移动，特别适合我们这种山区城市。你看，这辆车是它的核反应堆，这辆车是中央控制室，这辆车是蒸汽产生器，这辆车上是超导发电机……"

我心中在想，为了撷取这颗给灾区人民带来无限光明的"夜明珠"，我们的科技工作者付出了多少辛勤劳动啊！

《少年科学》，1985年第3期，庄秀福改编

误　会

程　东

　　我爸爸在生物电子研究所工作。他很能干，不久前晋升为研究员。他总是很忙，每天一回家就钻在书房里，不是看书就是研究。妈妈对爸爸十分关心体贴，为了他的事业，家务事根本不用爸爸操心。一家人相处和睦，没发生过不愉快的事儿。

　　可是，最近爸爸的态度和生活习惯突然起了变化。原本不爱吃零食、不抽烟的爸爸，开始吃起话梅来了，没过几天，又抽上了香烟，并且越抽越多。妈妈和我劝阻他，他也不理睬。对于爸爸的这种变化，妈妈和我疑惑不解，心情中十分担忧。

　　一个星期天早上，爸爸早早出去了。临走前，爸爸神秘地对妈妈和我说，请你们看8点半的电视新闻。

　　届时，我们打开了电视机。一阵音乐之后，广播员以激动的声调宣布："本市生物电子研究所史探成研究员，在电子工程师王慧配合下，研制成功了一台划时代的神奇机器——电子嗜好增减机。这台机器可以在不到一分钟的时间内，使任何人的不良嗜好彻底消失，也可以在同样短的时间内，使任何人产生新的嗜好。

　　"生物电子学家史探成经多年的深入研究，发现在人的大脑中，存在一种'记忆单元'。他还发现，人的某种嗜好的强弱电波与记忆单元输出的生物电幅值是成正比的。如果人为地产生一个与某种嗜好波形相同、幅值相等而方向相反的信号，以某种方式输入人的大脑，就会使人脑中这个兴奋灶消失，于是这个人也就不再具有这种嗜好。相反，可以用同样的方法，使一个人建立起某种嗜好。输入信号的幅度越大，产生的嗜好会越强烈。"

　　接着，电视上出现了爸爸的形象，他说："世界上有相当一部分人有不良的嗜好，比如抽烟、酗酒、吸毒等。为了同这些恶习做斗争，人们采取了许多方法，但收效都不显著。电子嗜好增减机能用科学的方法，迅速消除人们的不良嗜好，具有广泛的现实意义。"

　　最后，与爸爸一起发明这台机器的电子工程师王阿姨介绍发明经过。从她的讲话中我们知道了爸爸吃话梅和抽香烟的秘密。原来这台机器安装完毕后，需要进行试验，为了获得第一手资料，爸爸就首先在自己身上做了试验。

　　电视节目结束了，我见妈妈脸上露出了笑容。

《少年科学》，1985年第2期，庄秀福改编

死心眼的机器人

程 东

阿忠是一个家庭机器人服务员，它的方脑袋里装有多功能电脑，能想能说，还有视、听、触、嗅等各种功能。它能干活，还具有防盗功能。

阿忠来到小明家已经两个月了，大家对它的服务都很满意。10天前，小明赛球时不小心扭伤了脚，只好在家休养。他想到花园去散步，阿忠用两臂一伸，拦住了他。原因是主人有这样的指令：照顾好小明，不要让他外出。

"如果我不是小明呢？"小明问阿忠。

阿忠回答："那当然是可以的。"

小明叹了一口气，只好躺到床上。无意中，他看到橱柜顶上有几个假面具，就想出了一个主意。他叫阿忠取下唐僧假面具，然后叫它转过身去，自己迅速把面具戴上。

"阿忠，你看我是谁？"小明说完，跳下床，向门口走去。

"站住！"阿忠突然大喝一声，从腰部取出一副手铐，把小明双手铐了起来。

"阿忠，你疯了！我是小明。"小明边喊边挣扎。

"你不是小明，是盗贼。"阿忠根据自己的判断，把小明当成来历不明的闯入者了。

阿忠把小明关进了浴室，小明摘掉了假面罩，露出了真面目。阿忠又认出了小明。

小明气呼呼地叫阿忠把手铐打开，阿忠像刚才什么事也没有发生过似地回答："是。"

小明又好气又好笑地问阿忠："假如有一只猴子出现在屋子里，你怎么办？"

阿忠回答："赶出去。"

于是，小明又取下一个孙悟空假面具，同样戴在头上。这次，阿忠真把小明当成了猴子，把小明赶出了家门。

小明高兴地在花园里玩了起来。到了中午，他有点饿了，想进屋吃饭。可是阿忠就是不开门，因为主人有指令：下午5点以后才会客。

小明绝望了，一直等到下午5点，才和下班的爸爸妈妈一起回到了屋里。

小明撅着嘴说："阿忠这家伙太蠢了，换一个吧。"

爸爸笑了："更聪明的机器人等你们去制造呢！"

《我们爱科学》，1985年第8期，刘音改编

死囚之欲

丁宏昌

王永从太空俱乐部租了一架小型飞机，偕同未婚妻在蓝天遨游。不料，飞机发生了意外事故，一声巨响，他便失去了知觉……等他醒来时，只见自己躺在临海的黑沙滩上。由于饥饿、失水，他开始虚脱，头晕目眩。他不得不喝海水，结果越喝越渴。

在他万般无奈之际，忽见远处快速驶来一架沙橇，上面坐着位身披白披风的老人。老人向王永问话，王永也听不懂。王永见老人背着一个水葫芦，就做了个要喝水的动作。老人要他的戒指和手表作交换，为了活命，王永只得照办了。老人把水葫芦交给王永之后要走，王永让老人带他一起走，老人不愿，于是两人就厮打了起来。王永年轻力壮，没几下就把老人打昏了。王永把老人抱上沙橇，自己也坐上去，便发动沙橇的开关，但沙橇走不动，原来这小沙橇只能坐一个人。王永便将老人推下去，自己开了沙橇就跑。

王永很快看见了一道防沙林带，他扔下沙橇，朝前走去。他敲开了一家农户的门，用手势和表情表示自己不是坏人，请求主人帮助。主人大概是相信了他，给他端来面包、果酱、香肠，还有一壶热茶。王永吃完后，便呼呼入睡了。

不知过了多久，他被人推醒了。他睁眼一看，自己是睡在一个大房间里，一个老年人站在他身旁。老人说得一口流利的中国话，他告诉王永，这儿是乌沙国。被王永推下沙橇的那个老人已死去，因此，王永也将被剥夺生的权利，明早执行。

王永争辩说，他无意杀人，要找律师为己辩护。老人回答："敝国没有律师，也没有法院。"老人临走时交给王永3把钥匙，说："按敝国的传统，今夜你可找一个人陪你。这儿有3扇门，一号门里是位哲学博士，二号门里是位宗教博士，三号门里是个女人。"

绝望的王永无法入睡，他想找一个人聊聊。找谁呢：思量再三，他打开了3号门，里面是一个绿衣女郎，女郎一见他，就像着了魔一般，用手抓他的双眼。王永顿时昏了过去。

慢慢地，两人同时苏醒过来，王永定睛一看，那女人竟是自己的未婚妻。未婚妻把自己昏迷中经历过的幻境讲给他听，居然跟王永的经历完全一模一样。

这时天空中响起直升机的引擎声，是太空俱乐部的一架救援飞机，他们被救起之后，机上人员问起他们的遭遇，他们却什么也想不起来了。

《科学文艺》，1985年第4期，庄秀福改编

地球的骄子

黄　阆

公元2355年，旅游者Ⅲ号从XB≠4星轨道发回录像，证实XB≠4星表面有高山、湖泊及建筑群，证明该星有高级生物存在。各国著名科学家聚集在北京宇航中心俱乐部欢庆这一划时代的发现，并决定发射载人飞船赴XB≠4星与外星人会晤。

会后，宇航中心总设计师林科达教授约见生物学家汪珩博士。林教授说，1年前他收到世界著名舞蹈家艾妮的求爱信，说希望两人结合，以后能生下一个外貌像艾妮一样漂亮，头脑像林科达一样聪明的孩子。林科达怕婚姻会影响他的工作，又担心生下的孩子又丑又笨，所以婉言拒绝了艾妮的求爱。现在林教授请汪博士评价艾妮的构想有无现实的可能性，汪珩说："根据当前的科学水平，只需要摄取你的一个细胞，加以培养，用分子手术刀去掉不利的基因，然后让它跟艾妮的卵子结合起来，生下的孩子必定既聪明又漂亮。"林教授拜托汪博士去找艾妮，玉成这件好事。

汪珩驾专机来到南太平洋的一个小岛上，见到了艾妮，向她说明了来意。艾妮深感兴趣，不过她说："我希望保持优美的体型，所以不想怀孕，这可以办到吗？"汪博士答："这完全可以办到，既可以借腹怀胎，也可以体外培养。"

林科达与汪博士会面后，全身心地投入到准备飞往XB≠4星的载人飞船友谊一号的研制工作中，当工程接近尾声时，林教授感到极度疲劳，心力交瘁。他知道自己将不久于人世。他给留在南太平洋203号小岛上搞科研的汪珩博士去了一封电报，说希望在他临终前能见到他和艾妮的孩子林艾一面。汪珩见到电报，即携林艾飞赴北京。

此时的林艾，虽然只有7岁，但已长成一个英俊的少年，具有超人的智力。但汪珩带林艾赶到北京时，林科达已去世，他留下一份遗嘱："把我的知识交给我的儿子林艾。"汪博士为林艾办理完一切继承手续后，把林教授颅内的记忆物质移植到林艾的脑颅里。

2364年，友谊一号飞船建成。谁来驾驶这艘太空飞船呢？汪珩博士竭力推荐林艾。他说，林艾漂亮、聪明、健壮，堪称地球人的代表，是地球的骄子，虽然他的自然年龄只有8岁，但他的智能已达到成熟科学家的程度。汪珩的提议得到众人的一致赞同。

10月1日，闷雷般一声巨响，林艾驾着友谊一号飞船飞向XB≠4星，将于15年后抵达那里，与外星人会面。

《科学文艺》，1985年第5期，庄秀福改编

博士死亡以后

嵇 鸿

专门研究气味、88岁高龄的生物化学博士秦林突发脑出血，病势危急。科学院的领导非常着急，因为秦博士单独从事一个研究项目，并且他是用符号作记录的，别人根本看不懂，如果秦老不幸去世，这项将完成的研究就前功尽弃了。

科学院发出紧急通知，召集全国有关专家研究救治秦博士的方法。但秦博士病情过重，不久就离开了人世。就在秦博士停止呼吸后不久，忽然有人来求见医院院长，院长接过名片一看：S市生物化学研究所研究员林华。

在会客室里，老院长向林华介绍了对秦博士的救治经过后，最后说："您来迟了。"林华静静地听着，她微笑着说："我还算来得及时。我想从秦博士的脑里提取记忆分子，移植到别人脑中，这

样就可以把秦博士的研究继续下去。"老院长问："你是说，记忆可以传递？"林华说："这正是我的研究课题。记忆分子不仅可以传递，而且还可以人工合成。"

可是记忆传递的实验，在人体上还未实践过，早就立志献身科学事业的林华决定自己来做第一个实验者。几个星期过去了，林华一切正常，她把秦博士的记忆都转移到了自己脑中，并且投入到秦博士的研究中。秦博士用各种符号记录的资料、数据，林华看起来一目了然。

不久，报刊、电台不断报道秦博士生前研究项目的完成情况。例如，用X1号气味液喷射，能使小学生注意力集中，提高学习效率；用L103号气味，能在野外把梅花鹿召集起来……人们都明白，这是秦林博士的科研成果，也是林华运用"记忆传递"将那几乎失去的成果贡献给人类。

林华夜以继日地在实验室，进行记忆分子的人工合成实验。她将每个记忆分子进行离析，发现它们都是由15个氨基酸组成的小肽，各有一定的排列。现在，她在医院设立了一个特殊门诊部，专治少儿低能症。前天，她运用新型的激光发射器，把"数学记忆分子"注入进一个低能儿童身上，这小孩儿的计数能力立即如同常人一样。消息不胫而走，来求治的人越来越多。林华为了帮助他们早日恢复健康，正努力地工作着。

《少年科学》，1985年第6期，庄秀福改编

最美的眼睛

晶 静

望望下班了，在医学院大门的塔松旁，见到了他——曹小芊——一个挎着画板的小伙子。

海滩边，他们俩走着。曹小芊终于涨红着脸说："我特意来找您，想要画一画您这双眼睛！"

一个小时以后，望望眼前是一幅线条清晰、基调柔和的浅黄色的画。画中望望那双不同色彩的眼睛显得分外神秘莫测。曹小芊把这幅画命名为"最美的眼睛"。

望望是一家医学院实验室里的洗瓶工，在沙老师的一手安排下，她才在医学院里旁听一些课程。

3天后，曹小芊到望望家来玩。

"伯母呢？该回来啦！"曹小芊说。

"噢，设计室里的顾阿姨来找她，有事儿出去了。"

曹小芊呷着望望斟的琥珀色啤酒，听着轻音乐，感到十分舒适欢畅。看着望望微红的脸，含情脉脉的眼，他的心也醉了。

"你真美，尤其是你的双眼！"他捧起她的脸，对着她的双眼看了又看。

"咚，咚咚！"响起一阵粗暴的敲门声。

门外，一个五大三粗的妇女挽着一个干瘦的老妇人。那个老妇人，一只黑眼睛目光呆滞，另一只是褐色的眼睛流着泪。

"这么晚了，你妈眼睛又不好，我陪她在你家门口等了又等，实在……"五大三粗的女人对望望说。

"顾姐，你别说啦！"干瘦的老妇人说。

"咳，你呀！"顾姨一屁股坐下，转身对曹小芊说："我和望望妈在一个细纱车间，几十年的老姐妹啦！"

"顾姐，你回去吧！"望望妈妈打断她的话。

"我说吴妹，你呀！"顾姨的嗓门又大又粗，"你为什么不说？你早该说啦！虽说她不是你亲生的，可你为她费的心血，比哪个当妈的都多啊！要知道，你的眼睛……"

"顾姐！"妈妈声嘶力竭地喊了起来，"你疯啦！"

小屋里发生的这一场面，是大家始料未及的。妈妈在叹息，顾姨愤愤地出门而去。曹小芋失望了，他满以为望望妈妈是搞设计的，谁知……他满脸忧伤地对望望说了声："咱们分手吧！"

此后的好几天，望望不再搭理妈妈，妈妈的两鬓更白了，就像一个做错了事的小孩儿想得到大人的宽恕那样，不时用那只流泪的眼睛去偷偷瞟一下望望。

一天，望望刚旁听完实验课回到实验室，见沙老师接到妈妈打来的电话："什么？……我就来，就来。"

下班时分，沙老师回来了。这是沙老师第一次把望望带到自己的家，她对望望说："我想对你讲讲关于我的故事。"

"20多年前的一个傍晚，我告诉我的丈夫我要生了。他听到这个消息兴奋地起身去叫出租车。谁知久盼不见他回来，我只得去邻居阿嫂家产下一女，两天后我从昏迷中醒来，才知道丈夫遇到车祸死了。我受不了这个打击，精神失常住进了医院。在精神病医院中我过了4年。

"出院那天，我兴冲冲地买了一套玫瑰红丝绒小童装去看我的女儿。不料孩子出麻疹住院了。

"我怀着惴惴不安的心情，在医院的儿童病房见到了我的女儿。可小姑娘在我怀里愣了一会儿后，又直嚷'我要妈妈，我要妈妈'。

"我只能把女儿带到邻居大嫂那儿。小姑娘挣脱了我的手，搂着大嫂的脖子亲昵地直喊'妈妈'。这时我打心眼里妒忌大嫂了。当我的目光移向大嫂时，发现大嫂的眼睛蒙着一层又一层的纱布。

"后来护士告诉我：'这个丫头出麻疹发高烧住院，退烧后一只眼睛瞎了！大嫂听后一下子栽倒了，嘴里直叨念着对不起孩子与她妈妈。在她的再三恳求下，大嫂的一只眼球移植给了你的女儿……这几天，大嫂还要我们不要把这件事告诉你与孩子。'

"这次，我没有流泪。望着睡着的大嫂，我默默地想：你给孩子的，何止是母爱，你已失去了一只眼珠，我怎么忍心再夺去你爱的权利。我要护士转告大嫂：我要去很远很远的地方，重新组织家庭，孩子就交给她了。

"我真的走了，潜心接过我丈夫的研究课题——人造眼球的移植。10多年过去了，我通过那位好心的护士知道女儿已长大成人，为了让她继承父业，报答养母，我重回到医学院，一心指导女儿完成那个艰难的医学课题。今天早上，我去看了大嫂，她唯一的眼睛，怕也保不住了。"

望望听着听着，早已泣不成声了。

3年的光阴又悄悄流逝了。望望不仅旁听完医学院的课程，取得了毕业文凭，还在沙老师的指导下，对人造眼球移植的研究有了重大突破。就在妈妈60岁生日那天，望望请妈妈到医学院进行一次眼科检查。

几个小时后，妈妈被人搀扶着从手术室来到一间敞亮的"学术室"里。她隐隐地觉得，大家似乎在等待着什么。

绷带一层层地解开了。渐渐地，妈妈感到四周升起一片朦胧的亮光飘忽的影子。难道，啊，难道真的是？……果然，奇迹出现了，她见到了："望望，孩子，我的孩子。"

"妈，这是沙老师，是她帮助了我！"

"沙老师，你？"妈妈把沙老师看得清清楚楚，"孩子，别怪

我没有告诉你，这是你的……"

"妈妈，我全知道了！"

"对不起，打搅一下。望望，你要我画的眼球我带来了！"一个小伙子来到。

"小伙子，你……到底回来啦！"妈妈认出了曹小芋。

"妈妈，这对人造眼球，是我送给你的生日礼物。"望望说。

妈妈喜滋滋地说："望望，让世上所有的盲人，都能拥有一双明亮的眼睛吧！"

《科学文艺》，1985年第6期，唐生云改编

盗窃青春的贼

孔 良

苏放的飞船成了织女星的卫星后，陈复信悔恨自己的自私、怯懦，在周卉最需要他的安慰时，自己竟然弃信、失约。苏放用生命追回参数，恢复了周卉的青春颜貌，陈复信又更是何等的懊丧啊！

陈复信郁郁寡欢，而且病得很重。要治愈他多种疾病的药品之多、药量之大，仅是药的副作用，就足以摧垮他身体内尚存的正常细胞。

生物学家郭超仁在印染专家周卉的帮助下，研制成一种能对人体细胞进行染色的带磁性的细胞染色剂，并运用电脑对药物进行了磁性相反、程序相同的编码。陈复信的五脏六腑被带磁性的细胞染色剂染成了五颜六色后，郭超仁按下了药剂自动注射机按钮，只见药物绕过不属于自己分管的病区，直奔与其磁性相反、程序密码相同的病灶细胞，真正做到了对症下药。奇迹发生了，在荧光屏上观察到陈复信身上各种脏器的病区不断缩小，疾病荡然无存了。

陈复信神奇般地康复了，他坚决要求参加救援苏放的新行动计划。

郭超仁为指令长，周卉为驾驶员，陈复信为随队记者，新型的0.8C火箭在宇宙空间很快发现了苏放遇难的飞船。他们一踏进苏放的飞船舱，便看见苏放微笑着站在那儿。

当周卉的双手一触及苏放时，苏放立即像泄了气的气袋，一点点萎缩、干瘪，最后落在周卉怀里的是一张苏放身躯的表皮。

郭超仁分析道："一定有某种不可见的物质发出友善的信息，引诱苏放做出友好的姿态，而他们趁机袭击了苏放！走，我们到附近G型行星上去搜索吧！"

在G型行星上，他们发现了高约30厘米能直立行走的动物化石，但无法判断这是G星人还是他们饲养的某种动物。这时，在他们头的上方出现一团旋转的白光。刹那间，一个声音呵斥道："放下手中的枪！"

"这是苏放！"郭超仁急了，扑过去把陈复信手中正在举起的枪打掉了。

"把眼睛闭起来！"又是苏放的声音。三人刚闭上眼睛，随即感到身体飘了起来。等三人睁开眼睛的时候，发现已身处于一个空荡荡的圆锥体中。眼前忽地出现了陈复信家的客厅，那摆设那布置，甚至花瓶里插的那束花，完完全全是三人离开陈家上机前的模样！郭超仁猛地意识到自己遇到了高超的对手，圆锥厅里悄无声息。一会儿，雪青色的四壁里发出"窸窸窣窣"的声音，那张苏放的表皮微微地掀动起来，接着，一个实实在在的苏放站在周卉面前。

周卉瞧着复活的苏放，眼泪簌簌地直往下淌："你没危险吧？他们没把你怎样吧？"

郭超仁的头脑是清醒的。他明白，这是在G型行星人的飞行器里，更何况苏放外露的感情与他原先沉着的内向性格并不相符！

正在苏放同周卉交谈时，郭超仁冷不防地说："你是假苏放！"苏放一惊，迅速地干瘪了，又只剩下一层表皮。

周围又响起一阵"窸窸窣窣"的声音。一会儿，一个圆滑的人声说："我现在把真实情况告诉你们，你们所处的是用磁场、速度和引力形成的空间，你们不可能走出这个空间。让我们谈谈吧！"

陈家客厅变成了一个宽敞的古色古香的大厅。一位胖弥陀坐在一张红木椅上，他自我介绍说："我们是G型行星中的帕塔尔塔星人。我们具备高度发达的智慧，创造了高度发达的物质生产手段。然而帕塔尔塔人欲壑难填，个个都想争而为霸，我们的先祖便进行了第二次进化——从复杂体分解成单细胞，每个单位都是一个样。先前的苏放、现在的我都是由相同的单元细胞按照截获的不同资料组合成的。"

"原来如此！"周卉说，"为了解决恶性膨胀的私欲，你们竟然采用极端残忍的手段，使得理想、友情都废弃了，甚至连性别也不复存在。你们这些单元细胞活着等于不活。这不是进化，是退化！"

胖弥陀听了这席话，为之一惊，像一股轻烟似的消失了。古色古香的大厅也倏然消失，眼前出现一个长长的筒状体，望不见尽头。

"走，去救苏放！"周卉拉起郭超仁便走，陈复信虽跟在后面，但他知道三个赤手空拳的人恐怕难能如愿。

声音又从四壁响起："请你们参观贵星球不同时期的人体。我们正在研究损害细胞的各种疾病！"

郭超仁明白了，为什么我们地球人类历史上不断有人员失踪的事件！

突然，长台上出现一个金属圆盘，盘中又出现了一颗跳动着的心脏，心脏跳动的速率明显不规则，动脉明显硬化。

"这是苏放的心脏。"有声音在说。

三个人同时扑向金属盘边，看着这颗被盗窃青春健康的贼弄得十分衰弱的善良的朋友的心。

"如果把你手中的他的表皮借给我们，我们就可以让你们看到一个完整的苏放了。"声音又说。

周卉含着泪，将苏放的表皮覆盖到金属盘上，转眼间一个活着的奄奄一息的苏放躺在长台上。

郭超仁在思考着如何救出苏放，离开这个鬼地方。

"你们分解苏放不就是为了防治你们的单元细胞疾病，提高免疫力吗！我可以向你们提供地球上最新的医疗成果，条件是释放我们！"郭超仁说。

"好吧！我们把这个空间的单位细胞聚合在大厅里，你向我们传授新医术。但请快一点儿，否则我们之间很可能会为争一个最佳位置而发生争斗！"这些单位细胞在响过一阵"咝咝"之声后回答道。

帕塔尔塔人按郭超仁的要求，在人们眼前立即出现了一台药物弥散装置。郭超仁朝周卉使了一个眼色，周卉立即把携带的磁性细胞染色剂注入弥散机内，细胞们叽叽喳喳，它们为即将获得梦寐以求的免疫力而异常高兴。郭超仁看透了这种极端自私的单元细胞，便将编码相同、磁性相反的麻醉药物注入了弥散器，顿时，在雪青的四壁上出现了东歪西倒的闪光点。

但郭超仁四人终因冲不破壁障而重新同帕塔尔塔人开始谈判。陈复信又一次暴露了自私的本性，周卉被留下来替代苏放。

0.8C火箭正在回驶。郭超仁再次鼓励陈复信："我们一回到地球，你就与你父亲陈执中教授着手研究如何突破帕塔尔塔人的壁障。我们会把周卉的实体夺回来的，有你立功的机会。"

苏放的身体还很虚弱，他说："我在被他们掳掠期间，也掌握了一些他们的情况。我将向陈执中教授全面提供有关资料。"

《科学文艺》，1985年第5期，唐生云改编

去飞行城

雷世豪

在东海之滨有座飞行城，是我国最大的航空宇航中心。我早想到那里去玩儿，可爸爸总是推托，所以一直没有去成。

昨天晚上，爸爸悄悄对妈妈说："德民弟送来一顶博士帽，他说是飞行城试制的新产品。帽子实际上是一台与情报中心联网的电脑，戴上它能迅速查阅有关资料。"我对博士帽产生了浓厚兴趣，特别想戴上它试一试。今天早上，我假装说头昏，爸爸、妈妈就把我留在家里。

待他们上班离家后，我从柜橱里拿出博士帽，往头上一戴，向它提出了好几个问题，可是没有得到任何答复。我用手拍了拍帽子，帽子仍没有声音。我心里急了，是不是我把博士帽弄坏了！我考虑再三，决定到飞行城去找德民叔修理博士帽，趁机游览一下飞行城。

有条高速公路直通飞行城，两个半小时就到了。一下车，没想到德民叔来接我了，他说："你想到这儿来修理博士帽，再漫游飞行城，对吗？"

我感到奇怪，问："您是怎么知道的？"

德民叔说："是你头上戴的博士帽告诉我的，这帽子还是试制品，我们能监视它的工作。"

我说："难道博士帽没坏？可它今早不回答我的问题。"

叔叔说："那一定是你没有系好带子，那是个开关。好吧，现在我带你到飞行城里去玩，穿上这飞行服。"

我们穿上了飞行服，叔叔挽着我的手臂，我们徐徐上升，很快就把一栋栋大楼抛向低处。我发现飞行服上装的前后左右各装置了一个小热水瓶似的东西，问叔叔："这是什么？"叔叔告诉我，那是用最先进的科学技术制成的超固态氮推进器，它向下喷气，我们就可以上升。4个推进器分别可以向上、向下、向前、向后、向左、向右喷出气流，我们想到哪里去，大脑的脑电波信号就会被装在飞行服中的微电脑捕获，它能控制合适的喷气量和方向。所以，人们穿上飞行服便可自如地飞来飞去。

　　飞行城里的人，都穿飞行服，可以自由飞行。所以，飞行城里是没有路的，房屋也没有门，人们都是通过窗口和天井飞进飞出的。

　　不一会儿，我和叔叔已飞到飞行城的上空。这里的天空繁华热闹极了。我看见在4架升力体飞行器的下面，悬吊着一张放着数台机器的大型平板，叔叔说，那是在搬运东西；在不少直升机下面垂挂着各种物品，叔叔说，这里的商业性广告，不是贴在墙上，而是从形形色色的飞行器里放出来。

　　叔叔陪我在飞行城里兜了一圈，不知不觉已经是下午4点钟了。我只好依依不舍地告别了叔叔，离开了这奇妙的飞行城。

　　　　　　　　　　《少年科学》，1985年第8期，庄秀福改编

神奇的宝贝

林 叶

　　我奉命带领一个班在这儿等待执行任务。远处，礼花响声像阵阵春雷传来，湛蓝的天空布满火树银花，街上人流如潮。

　　"民警叔叔，民警叔叔。"我一看，是一个戴红领巾的男孩在叫我。"叔叔，我把表妹丢了。"保卫全市人民欢度佳节，是我们的天职，寻找失散的儿童，又是其中一项特殊的任务。班里的同志们听说有小孩失散了，一下子围了上来。这个小男孩叫李晶，父母在外地工作，家里只有一个老奶奶。今天李晶带着5岁的表妹丽娜出来看烟火，刚才走散了。

　　一定要帮李晶找到表妹，但在一座城市里寻找一个小女孩，真如同在大海里捞针一般。班里最年轻的战士陈兴说："我们何不用那台新仪器试一试呢？"陈兴说的仪器，是一位在外地工作的李工程师发明的脑电波检波仪。前不久，李工程师曾来洽谈试验问题，把仪器留下了。陈兴曾跟着李工程师学习过，正巴不得有机会露一手呢。他把仪器搬了出来，忽然叹了口气，说："此仪器虽然能检测每个人的脑电波，可小丽娜的脑电波频率是多少呢？"

　　这时，在一旁的李晶开了口："我知道，我表妹的脑电波是'523'。"据李晶说，一次他爸爸带他和丽娜到公园里玩，丽娜走丢了，爸爸说丽娜的脑电波是523，后来用一台什么机器很快就把表妹找到了。

　　陈兴知道了小丽娜的脑电波频率，心中好不高兴。他捧着那台检波仪和李晶坐进摩托车斗，我发动引擎便出发了。

　　在车上，陈兴一边监视仪器上的讯号，一边向李晶介绍："人的大脑宛如一部电台，它也发射无线电波。我们人体各有差异，因此，各人发射的脑电波频率也各不相同。这台仪器能测出不同的脑电波。"

我驾车在广场上转了两圈，没找到人。车子又转进一条街道，过了一会儿，李晶说："叔叔，小红灯亮了。"车子往前慢慢开，李晶伸长脖子东张西望起来。"丽娜！丽娜！"李晶突然叫了起来。前面有个老伯抱着个小女孩儿，正是我们要找的丽娜。

我们把李晶和丽娜送回家。当问起孩子家长的姓名时，才知道李晶的爸爸就是这台脑电波检波仪的发明人——李工程师。

《少年科学》，1985年第4期，庄秀福改编

最后一种功能

刘 建

一个瘦子在地上拾到一支钢笔，笔杆闪着荧光。瘦子得意地带回家中，仔细端详起来。他信手在纸上写下一个算式：2×10，笔杆马上显示出"20"。

"答案！"瘦子惊喜万分，"它可以计算。"

他又在纸上写起了汉字："真是上帝的按排。"他忽然觉得"按"字不对，就用笔涂了几下，真怪，"按"字立马不见了。原来它还有涂改功能。

瘦子翻开一本英文杂志，试探着用笔尖去触英文字母，没有反应。他把笔翻转过来，用笔端触到字母上，笔杆竟发出声来："非常。"嘿，它还有一个新功能——翻译。

瘦子把笔搁在桌子上，想它还有什么功能。这时，笔发出了声音："我除了写字、改错字、显时、计算、翻译十几种语言和文字功能外，还可以储存数据。我身上的墨水永远用不完，因为我可以通过空气自动合成墨水。我还有最后一种功能，如果主人不慎把我丢失了，他可以通过手上的测位器准确地测出我所在的位置，迅速把我找到……"

瘦子一听，肌肉不住地抽动着。"怎么办？"

他越想越害怕。就在这时，门铃响了。瘦子心一横，把笔藏在了屋角。

门打开了，一位拿着测位器的中年人走了进来。瘦子还想装糊涂，可他万万没有想到，钢笔在屋角奏起了乐曲……

《我们爱科学》，1985年第6期，刘音改编

失踪的航线

刘兴诗

　　我叫阿波。在我12岁那年，有一位到我家乡进行考察的考古学家杨思源教授告诉我，1500年前，我老家荆州出了个有名的慧深和尚，这和尚是位了不起的探险家，比哥伦布早1000年到达美洲。杨教授认为，在慧深和尚之前，或许还有人到过美洲，可惜这条海上的航线已失踪了。

　　从此，我对这条神秘的航线产生了浓厚的兴趣。过了几年，我离开家乡，成为一艘远洋货船上的少年见习水手，长年在海上漂流。有一次，我们为在南极工作的考察队运送给养，船到南极后，船长把我一人留在船上，大家都送货去了。我独自站在甲板上远眺，看到一只海豹在冰面上追捕一只受伤的小海鸥。为救小海鸥，我不顾危险冲上冰面，救下小海鸥，我自己却遭到了灭顶之灾——脚下的冰破裂并漂离了货船。我吓蒙了，四周空无一人，无人能救我。严峻的形势迫使我冷静下来，我清点了一下身上的"财产"，只有一把小刀，一支圆珠笔，一管外伤药膏。唉，我这点东西比当年的鲁滨孙还少得多，但我一定得想法活下去。

　　小海鸥在我怀里醒了，我用外伤药膏给它敷好，它是我唯一的伙伴，我要和它相依为命了。我的肚子开始饿了，但没有食物，怎么办呢？我看见了在海中游动的鱼，用手去抓，没有抓到，就解下腰间的皮带，把皮带扣做成一个鱼钩，垂到水中，过了许久，终于：有一条鱼上钩。我用小刀剖开鱼，把鱼切成片，闭着眼咽了下去。小海鸥也啄食了几片。就这样，总算解决了肚子的问题。以后，我就用这种方法钓鱼吃。

随着日子一天天推移，冰山越漂越往北，并慢慢开始融化，体积越来越小。有一次，一阵风刮来，我掉入了海中。我赶紧往冰山上爬，无意中在冰中发现一块木板。我把它刨出来，原来是一块破碎的船板，上面还刻着一些方块汉字，内容如下：

"越王鹿郢元年，自扶桑还，船坏于环洲。困居荒岛，思返故土。"

我的心怦怦地跳，想不到这竟是一艘古代中国船上留下的。这是什么朝代的船？或许与那失踪的航线有关，得保存好。

冰山越漂越远，海风渐渐失去了凉意，冰山融得越来越快，我担心的事终于发生了。一个急浪打来，把冰山打碎，我落入海里，于是我抓着船板，开始在海中漂游，小海鸥在我头顶上飞着。不知游了多久，我实在游不动了，失去了知觉。

我是被鸟声吵醒的，我坐起身子一看，这是一座荒岛，我被海浪冲到了这儿。岛上有些树，我采了些野果充饥，身上有了力气。我在岛上寻觅，希望能发现点儿什么。找了好久，在礁石缝里找到了一块破船板，它的木质、颜色和先前的那块一模一样，看来是同一艘船上的。船板旁边还有一柄青铜剑，剑柄上刻着："越王勾践三年，铸于会稽。"

我兴奋极了，又多了两件有价值的文物，很可能有助于寻找那失踪的航线。同时，我心中又十分焦急，被困于荒岛，怎样才能把文物送出去呢？我抬头看见了小海鸥，心中一亮。我从衬衣上撕下一块布，把我的情况写在布上；然后把布条绑在小海鸥脚上，我对它说："快飞吧，叫人来救我。"小海鸥像是听懂了我的意思，朝远处飞走了。

我在岛上不知耽搁了几天。有一日，我听到马达声，抬头一看，我的小海鸥回来了。在它后面，是一架小型直升机，从飞机上下来的是考古学家杨思源教授，他把我带上直升机，飞到不远处的一艘考察船上。杨教授说："是你的朋友小海鸥把我带来的。我刚从古扶桑国，即日本回来，追踪慧深和尚的线路，考察一条失踪的航线，在这儿失去了线索，正好遇见了你。"

我对杨教授讲了我的发现。他紧紧握住我的手说："谢谢你，现在一切都明白了。"杨教授的知识非常渊博，很快就解开了船板和青铜剑柄上两段文字的谜。他解释说："勾践和鹿郢都是古越国的国王，会稽在浙江绍兴境内，是古越国的一个都城。铸造青铜剑的勾践三年是公元前494年，古代沉船水手被困在环洲的鹿郢元年是公元前464年。这些无名水手是从扶桑国回来的，比慧深和尚早1000年到达美洲，是最早发现美洲的航海家。"

杨教授还说，他在马王堆汉墓的一个随葬竹笥里，发现了3只钩纹皮蠹的尸体。这种昆虫是美洲的特产，为什么藏在2100多年前的马王堆汉墓里？他感觉到，当时在美洲和中国之间必然存在某种联系。

无独有偶，美国的一位考古学教授，在海底发现了3个奇特的石锚，经测定距今已2000多年。他怀疑古锚是中国的古物，把论文寄给了杨教授。

为调查个水落石出，杨教授乘一艘考察船到美洲考察。他在新大陆上发现了许多古代中国的文物，还在太平洋的一些珊瑚岛上找到了类似的遗迹。这和史书上记载慧深和尚经过亚洲东北部到美洲的路线大不相同。他断言，还有一条横跨太平洋的失踪的航线，但要找这条航线曾经存在的证据却非常困难。

想不到的是，他没有找到的证据，我竟在无意中得到了。我凝望着这些荒凉的珊瑚岛，回想起了经过的一切。呵，多么激动呀！我终于如愿以偿，揭开了历史的奥秘，找到了这条失踪的航线。

《智慧树》，1985年第2期～1986年第1期，庄秀福改编

甜丝丝的渤海水

——二十世纪的来信(第一封信)

刘兴诗

21世纪的一天，地质学家陈卓明和《少年科学》记者汪雪在海滩边游览。他们在一道岩罅里发现一只锈迹斑斑的铁盒，用力撬开一看，里面有几封信，第一封信是一个少年于1955年写的，信中说：

"21世纪的科学家，您好！海水这样咸，真讨厌。您能把海水变成淡水吗？"

陈卓明对汪雪说："我听见了100年前的孩子声音，我们应该满足他的要求。"汪雪说："能把海水变淡当然是好，但是，哪儿还有海参、海带、咸水鱼呢？"陈卓明说："对，应该想一个新点子，创造一个一半咸水，一半淡水的新式海洋才行。"陈卓明想起了美国北部的努沃克湖，这是个上淡下咸的双层湖。他从中得到了启发。

经过反复研究、论证，富于幻想的陈卓明提出了一个改造渤海的计划：在渤海湾筑一道大坝，把渤海湾内外隔开，使外边的海水不能进到里边来。再以人工快速蒸发脱盐的方法，把坝内上层的海水变成淡水，而下层的海水保持不变。计划被通过了。

仅一夜工夫，一道横拦渤海湾的大坝就建成了。大坝是用泡沫塑料预制部件拼凑成的，浮在水上，上面完全是空的，用钢绳固定在海底，下面的海水可以流动，鱼儿可以自由畅游。

接着，用快速蒸发脱盐法把坝内上层的海水变淡，提出的盐分，建造了几家化工厂，不久，坝内的水成了淡水，喝起来甜丝丝的。人们在坝内放养了许多淡水鱼。报上登载了这一惊人的消息，标题是"咸水+淡水=新渤海"。

《少年科学》，1985年第10期，庄秀福改编

敞开喜马拉雅山的大门

——二十世纪的来信(第二封信)

刘兴诗

陈卓明和汪雪坐在礁石上，拆开了铁盒里的第二封信。这是一个到海边参加夏令营的藏族放牛娃旺多用藏文写的：

"21世纪的科学家，您应该给扎木错灌溉甜水，别让羊儿老是喝苦水！"

汪雪学习过藏语，她把信翻译了出来。陈卓明对汪雪说："我们应该到西藏去一次，解决这个难题。"

扎木错是藏北高原的一个湖泊，周围是空旷的原野，草也长得稀稀拉拉。汪雪呷了一口湖里的水，苦涩得难以下咽。陈卓明说："在藏北高原，这样的湖泊不知有多少。这是一个值得重视的普遍性问题。"

陈卓明和汪雪驾着飞碟在藏北高原飞行。大地宏观探测的结果表明，藏北高原曾经温暖潮湿，河湖众多，水质良好，后来喜马拉雅山脉上升，挡住了从印度洋吹来的湿润的风，稠密的水网逐渐消失了，变成现在这个样子。

陈卓明的思绪激烈翻腾着，构思出一个大胆的计划：打开喜马拉雅山墙，放进印度洋潮湿的热风。电子计算机验算的结果，证明陈卓明的设想是切实可行的。计划得到批准。

一个月后，雅鲁藏布江大转弯处烟雾滚滚地进行了一次大规模的人工爆炸。全世界所有的地震台都记录到了这次大爆炸。

陈卓明和汪雪担心，爆炸后岩坝会不会阻塞通道，使印度洋来的风依然不能深入高原腹地。他们驾驶飞碟巡察，一切都按照陈卓明事先设计好的方案，一座座山峰都被震碎成粉末。有的粉末被吹到四面八方，有的被江水冲走；另一些在定向爆破的安排下，被抛进了荒山，填塞成为平地。通向印度洋的走廊打通了。

飞碟紧贴着新开辟的谷地底部飞驰，从舷窗往外看，从印度洋来的海风已挟带着黑压压的雨云，从走廊的另一端翻滚拥来。不一会儿，下起了大雨。陈卓明笑眯眯地说："有了雨水，这儿就会出现水稻和果园，成为西藏的江南。"

《少年科学》，1985第12期，庄秀福改编

爷爷的脑子

倪立青

周末，爸爸、妈妈和我在看电视。突然，电话铃响了，是奶奶打来的，说爷爷得了中风，现已住进医院。我马上关掉电视机，和爸爸、妈妈跨上了微型汽车。

我的爷爷是个作家，今年已73岁，但身体硬朗，全没有老年人的暮气。爷爷写了许多诗歌、童话、故事书，真称得上著作等身。爷爷的作品为什么写得那样好、那样多，这对我一直是个谜。一次我去问爷爷，爷爷笑了："你看，爷爷的头特别大吗？我刚读小学时，碰到写作文就头疼。后来在老师指导下，写日记、记周记，多看勤练，慢慢总算开窍了。"可是，现在爷爷不幸得了中风，今后还能写作吗？

我们到了医院，奶奶告诉我们："这医院的医生医术真高明，爷爷入院才2个多小时，原来神志不清，现在已经清醒过来了。"我们见爷爷没有危险，大家就放心了。

　　这时，高医生来了。他向我们介绍说：最近，医院和药物所合作，研制了一种专治中风的新药。这种药物给患者静脉注射后，其分子就和血小板结合。血小板作为载体，随着血液循环，自动集中到血管破裂处，随着血小板裂开，与它释放出的一些物质相结合，形成一层薄膜，同原来的血管浑然一体，光滑平整。同时，利用质子束行程终点能够放出最大能量的原理，在电脑的控制下，极为精确地把血块击碎，而对正常脑组织没有丝毫影响；再用仪器给予一定的压力，使击碎的细粒随着血液到达肾脏，由小便排出体外。

　　说着，高医生拿出一顶帽子。他说，这种帽子是由药物渗入器、脑血管显影仪、质子发生器、压力调节器、微型电脑等组成的一台治疗仪。使用时，只要给患者戴上它，医生坐在控制台上，荧光屏上就能显示出患者脑子里的大小血管及血液流动情况，病人毫无痛苦。这样，再与药物治疗相结合，能在较短时间内收到良好的效果。

　　爸爸称赞："这真是一顶神奇的帽子！"

　　爷爷住了几天医院，就康复回家了，精神跟平常人一样好，根本不像大病初愈的人。

《少年科学》，1985年第1期，庄秀福改编

牛爱华的手

倪立青

牛爱华是我校女排的主力队员。再过7天就是一年一度的全市雏鹰杯女子排球赛，我校已获两届冠军，大家正盼望三连冠呢！谁知就在这节骨眼上，牛爱华突然骨折了。

这天早上，牛爱华在上学途中，为了抢救一个老大娘，自己被卡车撞了一下，右臂骨折住进了医院，骨折愈合至少要一个月，牛爱华请求医生尽快给她治好，争取参加比赛。但这怎么可能呢？

雏鹰杯女排赛的日子终于到了。我校女排已获决赛权，只要战胜七中，就能取得冠军。我校女排和七中女排争夺非常激烈，相持不下。正在关键时刻，牛爱华在医生陪同下，来到比赛现场。她与我校的陈教练耳语了几句，陈教练便把牛爱华换上了场。牛爱华一上场，局势马上改观。最后，我校女排以3：1取胜，实现了三连冠。

牛爱华骨折的手臂怎么能这么快愈合？为了弄清这个问题，我到牛爱华就治的骨科医院采访。祝医生接待了我，他介绍说："通常骨折愈合要一个月以上。现在我们研制了一种新药和一种新的仪器，可使愈合时间大大缩短。我们先在电脑的监视下，把骨头断端无痛地、丝毫不差地恢复到原来位置，然后在受伤部位注射进一定量的新药——骨折快速生长愈合剂。"说到这儿，祝医生拿出一只手表一样的东西，说："这是我们研制的磁场产生仪兼定时释药仪。把它戴在病人的手上，磁场产生仪能使骨折的断端产生磁场，它能像吸铁石一样，把注入的药吸过来，形成一层坚固的膜，把断端的骨头固定住。接着，在定时释药仪的操纵下，定时释放出一定量的药物，保持药物浓度，使骨细胞大量复制，迅速长出肉芽组织和骨痂。这只仪器还是一只干扰电流仪，干扰电流能使肌肉收缩、止痛，促进局部血液循环，使骨组织得到充分的营养。就这样，大大加快了骨折愈合的速度。"

我问："牛爱华什么时候可以出院呢？"祝医生笑着说："小牛已够出院资格，现在就可以出院。"我陪着牛爱华，愉快地离开了医院。

《少年科学》，1985年第9期，庄秀福改编

草原上的瘟疫

彭 懿

一个多星期之前，空中划过一道炫目的火光，一艘从太空裸叶星座归来的宇宙飞船，在地球上降落时失事，坠毁在乌伦河畔。不可思议的是，几天以后，在飞船坠落的地方，长出几棵奇异的粉红色小草，并且迅速蔓延开来，没过几天，就把方圆几千千米的牧场淹没了……

专家们通过研究证实，这一切是由于这艘飞船带回了裸叶星上的植物种子。这些植物含有一种光合作用效率相当惊人的叶绿素，因为地球上的阳光更加充足，这些叶绿素的作用得到更大的发挥，促使植物疯狂生长、迅速繁殖，并向四周蔓延开来。

对此，牧草专家徐海心急如焚。化学除草剂用过了，没有奏效。他寄希望于专门用来对付外星植物的特种植物病毒。可是使用这种病毒后，来自裸叶星座的粉红色植物不但没死，反而犹如旱地禾苗逢甘露，愈长愈旺了。

徐海只得给远方的总部发出了告急电报。傍晚时分，总部一艘飞碟状的飞行器无声无息地掠过草原，又迅速地升入高空，钻进云

里。没过多久，难以计数的蝗虫好像翻滚不息的浓云，从远处铺天盖地地扑过来。蝗虫曾给地球上的人类带来多么深重的灾难，徐海急得大汗淋漓。

突然，徐海的眼前出现了一幅令人惊愕的情景：从天而降的成千上万只蝗虫，密密麻麻地落在粉红色的外星植物上。它们那狼吞虎咽蚕食植物的声音，像此起彼伏的波涛声，回荡在广阔的草原上。几分钟以后，大片粉红色植物被吃了个精光。随着一阵呼啸声，黑压压的蝗虫又拔地而起，向前面飞去。

徐海感到惊讶的是，这所向披靡的蝗虫大军，仅仅吃掉粉红色外星植物，却丝毫没动绿色牧草。随着蝗虫的不断飞迁，粉红色植物的面积渐渐缩小，又露出了青青的牧草。

这究竟是怎么回事呢？昆虫学家罗永平乘着飞行器赶来了。罗永平对徐海说："自古以来，蝗虫就是人类不共戴天的死敌。但是我们也注意到，蝗虫的咀嚼式口器非常锐利，坚硬粗壮的杂草，也抵挡不住它们有力的大颚。能不能用蝗虫来消灭难以消除的杂草呢？经多年研究，我们终于获得了成功。"

徐海问："蝗虫能分辨杂草和牧草吗？"罗永平笑着说道："蝗虫取食，很大程度上依赖于植物气味的引诱。我们培育出一大批特殊的蝗虫，它们在一定时间内对某种植物的气味感兴趣，专门咬食这种植物。我们先派人采集粉红色植物的样品，用它培养专吃这种气味植物的蝗虫，把这些蝗虫放飞到你们这里，它们就向粉红色植物大举进攻了。没有杂草可吃的时候，我们通过降温冷冻的办法，迫使蝗虫进行冬眠。一旦需要的时候，让它们苏醒过来，再进行新的培养，就可以吞吃另一种杂草了。"

瑰丽的晚霞烧红了天空。牧场美极了。徐海目送尾随飞行器渐渐远去的蝗虫大军，心中涌起了一种恋恋不舍的心情。

《少年科学画报》，1985年第4~第5期，肖明改编

代人怀孕的姑娘

万焕奎

温柔秀美的任娴从小父母双亡，是比她大18岁的表姐高慧把她抚养长大的。表姐为了任娴不受闲气，一直没有组建家庭。直到任娴参加工作之后，40岁的高慧才和一个同事结了婚。

热爱生活，尤其爱孩子的高慧结婚后，特别想要个孩子。但40多岁作初产妇，是极为危险的，所以她一直下不了决心。高慧中学时代的同学石奇是位出色的妇产科专家，他说可以作剖腹产，能确

保产妇安全，高慧就做好了当妈妈的准备。

几个月后，高慧还没有受孕的迹象。石奇为高慧夫妇作了两次简单的手术，分别取出他们的精子、卵子，并使之结合，不久，一个婴儿的胚胎植入了高慧腹内。

正在此时，研究所接受了一项在太空实验站进行的科研任务，所里内定的两名人选，就是高慧夫妻两人。怎么办？挺着个大肚子上天肯定是不行的，但高慧却两者都想要。

高慧夫妇把石奇请到家中，请他出出主意。

石奇沉思了半天，说："一些国家出现了借腹怀胎的生育方式。有些妇女，如政治家、艺术家等不适宜怀孕，就可以将受精卵植入另一个志愿妇女的子宫，由她来妊娠和生产。从医学和生理学的角度看，这是不难办到的，难的是社会学和伦理学的偏见。"

"这……可能吗？"高慧的表情很严峻。

在场一起参加讨论的任娴思绪起伏，当晚失眠了。天亮前，她做出了决定，要作全国第一个代人怀孕的妇女。

第二天，任娴找到了石奇，表达了自己的决心，并详述了表姐抚养她长大的经过。

石奇深受感动、支持她的抉择。石奇在给高慧做常规检查时，悄悄把胚胎取出，植到了任娴体内。

任娴的肚子慢慢大了起来。正如石奇所预料的那样，各种流言从四面八方向任娴袭来。有人说她是生活不检点才未婚先孕的，有人说她是为了钱才出卖肚子的。还有一个香港富婆找到任娴，说愿出高价，让任娴再为她怀一个。

任娴以极大的毅力顶住了种种不堪入耳的非议。几个月后，任娴为她的表姐产下了一个健康的孩子。

《科学文艺》，1985年第4期，庄秀福改编

盖尔克敢死队

王水根

两国各占一方，中间有道铁丝网相隔。

越过铁丝网，前面是一条蜿蜒曲折的小道，两旁有几枝干枯的树枝。用望远镜观察，隐约看到小道的尽头有一座形状怪异的建筑，四周布满了"蜘蛛网"。

三个侦察兵匍匐在铁丝网边。铁丝网已被剪开一个大缺口。这时，整齐的巡逻队的脚步声，"嚓嚓"地由远而近。匍匐着的侦察兵用密语向哈利斯上校报告。哈利斯指令他们沿着巡逻队行进的路线，跟踪前进。

就在他们接近枯树干时，突然，树上的枯枝像被人砍了一样，都倒了下来，一只只铁灰色的巨大螳螂，向三人扑去。三人都被螳螂机器人两把锋利的锯子，有条不紊地依次锯割成一块一块。螳螂们把一块块骨肉塞进口里，不多一会，从"肛门"里便排出一堆堆灰黑的沫子。三个侦察兵连喊都没有喊一声，就销声匿迹了。螳螂跳上树干，又像枯枝一样一动不动。

哈利斯上校在荧光屏上看到这幕残忍恐怖的情景，心中久久不能平静。他命令才华出众的盖尔克上尉亲自组织一个"特别行动小组"。小组的成员是盖尔克上尉从监狱中挑选出来并通过严格训练的。他们是行窃"魔术师"旦尼夫、风度翩翩的"美男子"派克、人称"万能钥匙"的琼史和号称"酒鬼"的迪尼。

今天，他们应令而至。盖尔克招呼大家坐下，对大家说："这次任务非同寻常，关系着国家的命运。我从哈利斯上校那里带来了录像，大家先看一下，再决定怎么办？"

四个人看完录像后面面相觑。

"你们别怕。其实张牙舞爪的机器螳螂是由人来控制的，问题是要掌握它们的秘密。"盖尔克接着说，"我拟了个方案：分两步走。第一步由我和'酒鬼'先行侦察，弄清'螳螂'的秘密；第二步摧毁B国中心指挥部。我和'酒鬼'行动，带上微型全景电视跟踪仪，要是遇上不利情况，由琼史负责执行下一个行动方案，必要时，可向罗特林博士求援，大家看怎么样？"

夜幕徐徐降落，盖尔克和"酒鬼"穿过铁丝网，戴上红外线望远镜，目光所及，如同白昼。

　　一辆吉普车从远处开来，驶至"枯树"前戛然停下。车上走下一个军官仔细察看一番，就招呼士兵开车，吉普车离盖尔克越来越近。"酒鬼"猛地站起，两把匕首同时飞出。只听见"啊！"的一声惨叫，士兵两手捂脸，痛得翻滚。军官一看情况不妙，慌忙挪至驾驶座位，开车逃窜。

　　盖尔克和"酒鬼"飞速跑上去，把那个未能逃窜的士兵抓住，审问后得知电子螳螂伪装成树枝，躲在树上，它不认任何人，只有你戴上有辐射防护设备的钢盔，螳螂才不会行动，也不会吃人。

　　盖尔克和"酒鬼"商量着。螳螂的秘密已经基本弄清，而且通过电视跟踪仪，哈利斯他们一定也明白了秘密。盖尔克和哈利斯通话后，决定利用钢盔深入到中心指挥部。

　　两人沿着小道，渐渐地接近那座怪异的建筑。建筑物的小门紧闭着，轻轻一推门便自动打开，两人刚进门，门便自动关上。坐在长圆形办公桌旁的上校军官杨斯基起身相迎："欢迎光临，盖尔克上尉、迪尼先生，请坐。"

　　盖尔克一言不发，心想这次难以逃脱，看来B国中心指挥部根本就不在这座建筑里。

　　上校哈利斯焦躁不安，正思索营救盖尔克的方案。最后他下令：琼史、旦尼夫和派克三人前去营救盖尔克和"酒鬼"，并彻底捣毁B国中心指挥部。

　　晚上月色朦胧，铁丝网的大窟窿依然开着，琼史他们三人毫无顾忌地跑过开阔地，来到"枯树前"。他们仇恨地把"螳螂"的脑袋统统摘下破坏，然后迅速来到怪异建筑前，琼史命令旦尼夫在门口看守，自己和派克悄悄接近小门，并从口袋里拿出一张杨斯基的立体照片，对着门眼晃了一晃，小门无声无息地自动打开了。

　　盖尔克和"酒鬼"看见琼史到来高兴极了。琼史传达哈利斯的命令，叫他们马上回去，并说门口停着一辆吉普车，快走！盖尔克刚刚发动吉普车，就听见四周响起了警报声。盖尔克开足马力，疾驶而去。

六个B国士兵押着琼史、旦尼夫和派克三人乘电梯下降了相当长一段时间后又横向急速移动。琼史心里明白，现在他们正朝着敌国腹地驶去。

B国中心指挥部设在地下100米深处，那座地面上的建筑纯粹是伪装。指挥部与地面建筑相距起码5000米。

琼史他们被推出电梯，杨斯基已在门口等候。士兵押着琼史他们走到一座高大的建筑物旁，杨斯基按了一下门钮，沉重的铁门缓缓移开。这里是一个巨大的车间，各种自动化机床飞快地运作着。旁边有一条输送带，把已装好的机器螳螂向远处送去，四周堆满了还没有装配完的"螳螂"。

走出车间，杨斯基把琼史他们带到另一间房子里。杨斯基示意琼史他们坐下，并告诉他们两件事："第一，你们把螳螂的头摘掉了，可是我的螳螂是有生命的，它们会自己修理；第二，你们拿去的防辐射钢盔，我只要改变一下辐射信号，钢盔就会失去作用。"

杨斯基傲慢地说："你们想摧毁这个指挥部更是做梦！"

突然，琼史放声大笑："哈哈哈……"声音越来越响，他瞪大眼睛对杨斯基说："上校先生，你上当了！朋友们，行动吧！"只见琼史、旦尼夫和派克三个智能机器人同时用两手抓住自己的耳朵，用力一转。"轰轰——"随着惊天动地的一声巨响，B国的中心指挥部被全部摧毁！

在华丽的吊灯下，大厅中的哈利斯举杯而立："各位英雄，为我们的胜利干杯！"

《科学文艺》，1985年第2期，李福熙改编

勇士号冲向台风

吴显奎

台风，气象学上称为热带气旋。它是天空中的魔鬼，海洋上的霸王，人类的灾星。

甘路是台风研究基地的研究人员，去年秋天，他研制出一种能够影响台风的催化剂。他曾三次驾机冲进台风，但由于没有掌握台风的动力结构，都没能影响台风。今天，第9号台风在东海海面生成，甘路驾机进行第四次试验。

甘路驾驶的是一架名叫勇士号的核动力气象侦察机，机上装备有4颗原子能加力炮。同机还有他的女友——气象飞行员魏文娟。甘路驾机在距离台风70千米的海面上做圆周飞行，寻找最佳切入角度。

现在飞机已顺利通过第一层(台风的外围)，正在冲击第二层（台风壁）。飞行的成败，关键是能否找到台风的动力结构，全在这一层了。几十秒钟后，飞机突然发疯似的上下颠簸，一道道闪电在机舱外划过。勇士号艰难地与台风壁抗争着，在倾盆大雨中飞行。甘路和魏文娟在机上被颠得头晕目眩，胃里翻江倒海，连胆汁都吐了出来。突然，飞机像挣脱了千万根钢索，终于冲破了台风壁，钻进了台风的第三层——台风眼，这里没有乌云和风暴，机载计算机开始工作，通过荧屏显示出台风动力结构图。这是甘路梦寐以求的宝贵资料。

有关台风动力的资料已经收齐。他们将资料装进泡沫资料箱，开始返航。在途中，他们发现台风拐弯了。这种拐弯台风破坏性极强，常给已经解除台风警报的地区造成惨重的损失。这时，他们看到海面上几百艘渔船被拐弯台风刮得乱成一团，为拯救渔船，甘路调转机头，向台风驶去。他巧妙地绕过雷区，一步步向台风动力区靠近。6000米……4000米……甘路瞧准时机，踩下了催化剂的抽板，只听到一声巨响，电动机的钢绳被拉断了，催化剂的风门打不开，催化剂无法释放出去。

"自爆！"只有这样才能驱散台风，救出船队。机上有4颗原子能加力炮，锁闭其喷火孔，就是4颗原子弹，用它们摧毁台风的"发动机"！甘路和魏文娟毅然做出了生与死的抉择。

两位勇敢的年轻人庄严地拉开了人工影响台风的悲壮一幕——魏文娟把资料箱投向大海，甘路操纵计算机。一道刺眼的白色光球在东海上空划过，在隆隆巨响中，厚厚的云壁掀开了一个大口子，台风变得软弱无力了，逐渐风息浪静。

大海深处，带发报机的密封资料箱不停地"嘟嘟嘟"发着信号，仿佛在唱着一曲悲壮的歌。

《科学文艺》，1985年第5期，庄秀福改编

偷不走的机密

晓 建

最近日本进行军事演习，将一套激光预警雷达装置秘密地运入了北海道，C国的间谍卫星没能发现它的准确设置地点。为此，C国情报机关派出高手鲍洛夫，以C国驻日本使馆厨师的名义来到东京。

鲍洛夫一到东京，便进行秘密活动。没几天工夫，就搞到了为这次演习作战术标图的6名测绘军官的照片。鲍洛夫把其中一名最年轻的军官选作突破口。

早晨7点。鲍洛夫和最近结交的4个日本少年一起骑自行车出现

在大街上，5辆自行车飞快地向前驶去。7点40分，鲍洛夫假装用力过猛，摔倒在地，4个日本少年不知所措。这时，迎面开来一辆自卫队的军用吉普，日本少年拦住车，将鲍洛夫抬上车去。吉普上除了司机，只有一名日本军官，就是鲍洛夫选中的那个突破口。鲍洛夫趁日本军官为他包扎伤口之机，轻轻按了一下口袋中的钢笔，青年军官陡然一怔，脑袋渐渐低垂下来。鲍洛夫迅速摸出2粒"迷人丸"塞入他的口中。这些动作在10秒钟内就完成了，那青年军官没有丝毫察觉。

吉普车把鲍洛夫送到一家医院后，日本军官就驱车到自卫队测绘局上班。他来到标图室，从保险柜中取出文件袋。他感到四周的墙壁飘了起来，他盯着文件袋，久久地一动也不动。下午3点，保险柜的蜂音器响了几下，下班了，青年军官拖着沉重的步子离开了标图室。

此时，鲍洛夫等人坐在汽车中，远远等候在自卫队测绘局附近。鲍洛夫正在担心能使人白日做梦的"迷人丸"到底灵不灵的时候，只见那军官从大门里出来了。鲍洛夫驾车慢慢接近了他，鲍洛夫柔声地对他说："天下雨了，文件要给雨淋了。"迷迷糊糊的日本军官顺从地把揣在怀中的文件袋交给了鲍洛夫。鲍洛夫马上又转手交给后座的摄影师，吩咐其赶快拍照。摄影师从袋中取出那份绝密文件，刚把微型相机对准它，哪知文件纸张突然脆裂了，碎片撒了一地。

这是怎么回事呢？后经C国的化学专家分析碎片，马上明白了：这份资料是印制在特殊塑料薄膜上的，日本人在其中加入了一种奇妙的物质，使其一旦暴露，就可因吸收外来光线而分解成为颗粒。

第二天，日本政府宣布鲍洛夫是不受欢迎的人，限其24小时内离境。临离开国境时，鲍洛夫恶狠狠地说："等着瞧吧，总有一天我要把你们的保险柜统统撬开。"

《科学文艺》，1985年第3期，庄秀福改编

驯 鸟

徐晓鹤

一年暑假，上高中的我从城里来到山区的老家，住在叔公家中。叔公孤独一人，见我到他家，倒也十分高兴。

他家里养了许多鸟，我一数共有21只。这种鸟比鸡小一些，羽毛是金黄色的，有金鱼一般的尾巴。叔公对这些鸟特别爱护，鸟也十分听他的话。我在叔公家住了些日子，经过仔细观察，发现每只鸟的性格、智力和专长都不尽相同。比方说，第11号和第13号鸟是专门跟在叔公后面给药田下种的，第17号鸟是为叔公用小柴棍点烟的。此外还有看场的、捉虫的、灭鼠的、打扫卫生的等等。

听叔公说，在他年轻时，有一次追一头野猪，掉进了山谷，迷失了方向，怎么也出不来了，也不知熬过几天，才被两只鸟引着爬了出来。为了报恩，他把它们喂养起来，一代一代繁衍至今。

第二年我上了大学。在二年级的时候，我注意到，即使在最完备的大百科全书里也找不到叔公家的那种鸟。我精心绘制了鸟的图样，向鸟类专家张教授请教，张教授说："从图上看，这种鸟是目前没有记录过的，很可能是一个新品种。有空时我们到实地看一看。"

暑假，我陪张教授来到叔公家。盯着这群鸟，张教授兴奋得直搓手："这是学术界从未发现过的鸟！应该属于鸡形目。只是它们怎么不会飞了呢？"

"它们，退化了？"我问。

张教授说："不像，也许是一种能力的遗忘。"

住了两天，张教授走了，说是过些时候派人来接鸟到学校去进行研究，我留了下来。有一天晚上，我睡得朦朦胧胧的，似乎看到叔公在熬玉米糊糊，然后拆开被芯，摊出一堆金黄色的羽毛，一根根粘在自己身上。当我醒来时，天已大亮，屋里不见叔公和鸟群。我赶到山上，也没见到叔公，只见一块大岩石下，留下两根粘着玉米糊糊的羽毛。群鸟已经飞起来了，凄厉地叫着，回声荡漾。它们越飞越高，越飞越远。

从那以后，再没见到它们的踪迹。

《科学文艺》，1985年第1期，庄秀福改编

太空清洁工

许祖馨

我的叔叔在太空107区环卫局担任太空清洁工。为了让我了解他的工作，更为了让我开阔眼界，增长知识，他特意为我安排了一次太空旅游。

这天，我兴冲冲地来到太空飞船站，凭叔叔给我买的票，登上了飞船。只有十几分钟的时间，飞船就到达了107区——太空中的一个小镇。我下了飞船，叔叔已来站上接我，飞船又向下一站飞去。

我们走出飞船站，迎面是一排无人售货店，不远处还有旅馆、剧场、医院等。我们穿过小镇的中心区，来到另一个飞船站。那里有一架航天器，上面用中、英文写着"乾坤号航天清洁器"。叔叔自豪地对我说："这就是我工作用的座机。"

我们登上航天器，叔叔向我介绍说："所谓的空中垃圾，是指

世界各国已经报废的宇宙飞船、人造卫星、航天器、高空气象火箭等，它们一旦和飞船相撞，就会使飞船发生意外事故。所以我们要设法把它们清除掉。"飞行了不长时间，搜索器就发出了"嘟、嘟、嘟"的叫声，荧光屏上出现了一个圆筒形的物件，叔叔说："这就是空中垃圾！它可能是一颗废弃的卫星。"叔叔打开读数器开关，荧光屏左上角出现了一行字："——正东，205千米；物重2.5吨。"叔叔加快了航天器的速度。突然，荧光屏上的这只圆筒被一只又长又大的铁手牢牢抓住了。叔叔说："你看，这双灵巧的手，它的一只手臂长30米，大拇指长4米。"

叔叔开始减速，过了一会儿，荧光屏上显示出这只圆筒渐渐被拉入大气层，航天器的大手把它放掉。没多少时间，圆筒坠入大气

层燃烧起来。就这样，叔叔接连清除了3次垃圾。

10点15分，航天器把我送回了太空小镇107区，我正好赶上10点半的飞船返回地球。

《少年科学》，1985年第5期，庄秀福改编

青春的眷恋

杨志鹏

沈梅今年40岁。20年前的她，漂亮、开朗，不知被多少小伙子倾慕。然而韶华难留，她终于和别人一样，结婚生子，在忙碌中走过了大半生。她想，如果一切都从20年前开始，她的生活——一定会更加美好，充满乐趣。

8天前，沈梅到中学时代的吴老师家中玩。在吴老师家里，沈梅认识了吴老师的堂兄，一位药理学教授。吴教授正在研究使人长寿的返老还童药，并已初步取得了成功。"教授，在我身上试验吧。我希望自己返老还童。"沈梅恳求说。开始时，吴教授有点犹豫，但经不起沈梅死缠硬磨，吴教授就答应了。

沈梅回到家中，给丈夫留了一张字条："我出去旅游了，返回时间不定。希望你照看好冬冬。"她打量了一下自己的家，把心一横，走出了家门。也许，她永远不会回来了。

在吴教授的实验室里，沈梅服下了"长寿一号"。两天后，奇迹出现了，她变得年轻、美丽，仿佛只有十八九岁。沈梅兴奋极了，发疯似的跑到街上。她已忘掉了教授和实验室，她要重新寻觅早已逝去的青年时代。

沈梅来到"极乐公园"门口，游人们纷纷向她投来欣赏和赞美的目光。是的，她太出众了。她身旁来了一个20多岁的男青年，一

双眼睛在她身上打转。沈梅见过此人，这是个"马路求爱者"，以前他从未正眼瞧过沈梅一眼。现在沈梅被他盯得心中直发毛，慌忙逃开了。

沈梅惊魂稍定，昏懵懵地走到了江滨露天舞场，这里曾是她最神往的地方之一。场内人声嘈杂，各种她不知名的舞姿交替呈现在眼前，她站在观众席上，呆若木鸡……

沈梅的外貌恢复了青春，但并没有恢复青春的活力，她无法把现在推向过去。她猛然想起了自己的丈夫和儿子，飞快地向家里跑去。熟悉的门开了条缝，"这位姐姐，你找谁呀？"15岁的儿子困惑地问。她的脑袋"轰"地一下，好像要炸了，头脑空空洞洞的：

我的家在哪里？我没有家了！

沈梅旋风般地跑到实验室，"教授，我受不了啦！请你马上还我'现在'。"

吴教授说："不要慌，'长寿一号'只能维持5天，如不继续服'长寿二号'，就能回到'现在'。"

过了两天，40岁的沈梅拎着皮箱回到了家中。她，已不是20年前的她了。现在，她失去的是年轻时的向往和浪漫，但更显成熟之美。更重要的是她明白了希望在为未来的道理。

《科学文艺》，1985年第3期，庄秀福改编

苏醒了的耶稣同代人

宣昌发

冰层覆盖的南极大陆的神秘面纱正在被本世纪的科学之矛缓缓挑开……4月的一天，报社主任让我放下手头一切工作，立即飞赴南极神州观察站。

原来，我国科学家在距今约2000年的冰层中取样时，意外地发现晶体中含有O型人血！

"库克船长在1776年才通过南极圈。"我不解地问。

站长老王递给我一张光束仪从冰层探测到的异样物体的图表，感慨地说："记者同志，这就是请你来的原因。"

在法国和新西兰同行的帮助下，两具保存完好的男尸和一个直径2.5米的金属圆球从冰层中出现了。一具身着宽袖袍服的黄种人男尸经鉴定是我国西汉时的古人，另一具阿拉伯人男尸俯扑在圆球上，他右手紧握一块金属片……看来解开这千古之谜的钥匙也许藏在金属圆球内，可是圆球表面光滑如镜，找不出任何销钉或开启的

痕迹。

当我后退准备为圆球摄像时，在阳光折射下，意外发现它顶部有许多小凸点。经辨认分析，科学家们确信这是一组不知名的星座图案……老王开始掀摸这些小凸点。啊！他不经意摸到了一个开关，圆球缓缓打开，镶有透明物的窗口出现一位怀抱幼儿昏睡的古装妇女！显然这是一个科幻小说描述的外星人留下的"超睡"舱……根据这位超睡了2000多年的古人的叙述，我们知晓了在遥远的过去，曾经发生了一个真实而离奇的故事……

西汉末年，一个年仅12岁的小皇帝登基，为了除去操纵朝政的大司马，他在母舅陪同下秘密召见精通天文学的大臣沛county相人迟峻商议大计，不料次日该事被大司马知晓，他借口迟峻有不轨之心，将其关入大牢。迟府获讯，怕灭九族，太夫人当即将长孙托给忠仆徐三夫妇，随一位波斯商人出海避难。孰料波斯商船在返国途中遇上飓风，漂流到了今属巴勒斯坦的伯利恒。半夜时分，一个投宿不成的产妇在马厩分娩，心地善良的徐三夫妇抱着小主人，前去探望……返房经过院子时，天际突然出现一颗明亮异常的星星，转瞬间，星星化成一个光球落在院中。舱门开启跳出三个大头小身的矮人，将他们引入光球又飞上天空……一会儿，光球落在一片冰天雪原，矮人将徐三的妻子和小主人塞进另一个圆球，徐三上前争夺，只见一个矮人手指一点，徐三倒毙地上，徐三的妻子抱着小主人进入圆球后失去了知觉……

"那个阿拉伯人是怎么死去的呢？"我忍不住问。

科学家们推测当时可能出现一艘与矮人敌对的飞船，激战中飞船掉下一块残片，那个同遭绑架的产妇的丈夫——阿拉伯人捡到后残片，想砸开圆球，但饥饿和寒冷夺去了他的生命……

科学没有国界，但人总有个国籍，老王婉辞了外国同行邀请他到这两位基督同代人的国家去作客的盛情，我们一起回到了北

京……当然，为了避免不必要的麻烦，在迟府小主人上学时也不会有人知道，班上一个同学的实际年龄竟然比耶稣大了2岁……

《青年知识报》，1985年5月5日，宣昌发改编

失落的金项链

尤 异

乔川由于学习不用功，这星期已受到老师的三次批评。这天放学后，他到河边玩，见到草丛里有一件光彩夺目的东西。他拾起来一看，是一条金灿灿的项链，项链上附了一张纸条，纸条上写着两句话："我希望拾到它的是个孩子。你可以留着玩，玩腻了的时候，请寄到本市308信箱。"奇怪，原来不是遗失的。乔川把它放在衬衫口袋里，他决定先留着，过些日子再寄回308信箱。

乔川往家里走着，脑袋里想起了解不出的数学题。不知怎么回事，现在脑子豁然开朗，那些题目的解法清晰地呈现在他的脑海里。他高兴极了。

回到家里，乔川换了件衬衫，把项链放进抽屉里。他满怀信心拿出了作业本，但刚才的灵感一下子消失得无影无踪，题目又不会做了。于是，他像往常一样，把作业本丢在一旁，拉开抽屉，摆弄起那根项链来，最后挂在胸前。不料奇迹又马上发生了，他刚才解不出的那些题目的详细解法，像电影那样浮现在脑海里。这时，他警觉起来，认定这条项链是一件宝贝，它能帮助自己解答各种难题。

乔川从此更加放心大胆地玩儿。不过，他的作业总能按时完成，而且绝对正确。同学们和老师，甚至连乔川的父母都对此感到奇怪。

期中考试到了。那天，乔川早晨换衬衫时，不小心把项链掉到地板缝里，一时拿不出来。由于他没戴项链参加了考试，两科成绩才考了13分。他向大家解释说，那天头疼，所以没考好。后来他找出了项链，成绩又恢复到全优，大家就相信了他的解释。

可是，打那以后，乔川害怕起考试来了。事隔不久，全市进行数学竞赛，大家一致推荐他，他无法推辞，只得参加。在比赛那天，他检查了几遍，把项链万无一失地挂在胸前。但是，出人意料的是那天竞赛中有几道题目正是期中考试的题目，乔川见后一下子就懵了，心跳加快，满头大汗，项链也突然失灵了。乔川交了白卷。

乔川影响了学校的参赛成绩，心里十分难受。他闷闷不乐地走到河边，一气之下把项链扔到了河里。他决心靠自己的努力，把学习搞好。半年过去了，他的成绩有了很大提高。

这一天，去外地考察的舅舅回来了。他看到乔川的成绩单后很高兴，说："我原来要送你一根项链，可是现在不必要了。"乔川一惊："河边的那条项链是您的？"舅舅说："是的。它是我们电子研究所研制的一部很好的电子词典，储存了初中课程的全部信息，而且通过电波的触发它就能工作，把你所要的资料通过电磁波反馈到你的大脑皮层……"

"可是它为什么有时候会失灵？"乔川问。

舅舅说："这就是我们要试验的一个项目。一般地说，学生在考试时，难免要心跳加快，皮肤出汗，这时它的触点就会自动关闭。想偷懒的孩子，上了一两回当，也许会幡然悔悟。我想你已经有教训了。"

乔川说："我已经把项链扔到河里了。"

舅舅微微一笑："这有点儿可惜。"

《少年科学》，1985第7期，庄秀福改编

女娲的遗骸

宣昌发

黄河——中华民族的摇篮，她的雄浑博大激发了古今多少诗人的创作灵感。今年暑假，爸爸率领一支勘察队去黄河源头，我埋藏多年的愿望终于实现了。

青藏高原巴颜喀拉山麓的约古宗列盆地是勘察队的宿营地。文

中教授、摄影记者李俊与我们住在一个帐篷里。晚上，文教授和爸爸、李俊在高原星空下畅谈宇宙的亘古和生命的起源……李俊是"飞碟研究协会"的积极分子。他冷不防问："文教授，《圣经》讲上帝用肋骨造人，我国则流传女娲捏泥造人。为此是否可以假设在上古时期确有科学发达的外星人曾经降临地球，对原始人实施了基因改造手术，于是原始人将他们当作神来崇拜了？"

文教授大笑起来："科学需要大胆的想象和探索，但是结论必须有可靠的证据。"

第二天早晨，我们乘两艘小型气垫船穿出煽牛山北的峡谷来到黄河源头的滩地。我们顿时眼前一亮，因为滩地遍布大大小小的"海子"。突然，远处飞起一群细颈长腿、黑喙白羽的大鸟。征得爸爸的同意，我随李俊启动气垫船朝鸟群追去……在一条贴着小丘流淌的河流旁，李俊终于拍到了满意的录像。或许是第六感觉在起作用吧，我俩突然萌生了逆流而上的念头……半小时后，气垫船在一个高约2.5米，宽度与河面相齐的溶洞前停住，河水夹着凉风从这个深不可测的洞内潺潺流出。顿时，《金银岛》《阿里巴巴和四十大盗》小说中山洞藏宝的情节引得我俩浮想联翩……气垫船驶入500米后，山洞变得宽敞起来。又驶入200米左右，在一个斜坡的上端有一个岩洞。我俩兴奋地将气垫船驶上斜坡，打开手电，取了备用包就进入那个神秘的洞中之洞……黑暗中，我右脚踢到一件发出金属声响的东西——原来是一只四周镌有神秘符号的盒子！当我将手电光移向岩壁，又发现一具高3米裹着宇航服的骷髅！没想到的是当我俩欣喜若狂地奔出岩洞时，发现气垫船滑下斜坡被激流带走了……

三天后，配备了"多光谱扫描仪"的飞机终于发现了我俩遇险的岩洞……

《智慧树》，1985年第8期，宣昌发改编

没有出庭的证人

曹 建

　　加尼警长沮丧地坐在咖啡馆的角落里，今天下午他被当局以滥用职权的罪名解职了。这时，他的对手、年轻的议员巴罗走来，讥讽道："警长先生，怎么一人坐在这儿？我今晚要出国度假去了。"

　　加尼狠狠地说："我敢肯定，是你杀了洛比小姐！"

　　巴罗说："可是你没有证据。对不起，失陪了。"

　　巴罗走后，一个瘦小的矮老头走到加尼面前，自我介绍说："我是国际放射性防护委员会副主席海斯博士。我听到了刚才你们的谈话，请您把详细情况告诉我。"

　　加尼说："一个月前，《时事快报》女记者洛比扬言要揭露巴罗家族贿赂选举议员之事。可是今天早上，她在森林打猎时，被人枪杀了。警察封锁了现场，在几十名游客中有巴罗。我用爆炸物探测仪探测，发现巴罗开过枪，因为普通弹药中含有硝基，我在巴罗的手套里测到了硝基。但是洛比小姐是被左轮手枪打死的，而左轮枪弹药中不含硝基，所以对他的指控不能成立。"

　　海斯沉思片刻，提出要对巴罗再检查一次。

　　加尼说："巴罗今晚就要出国，恐怕来不及了。"

　　海斯说："在机场截住巴罗。"海斯用无线电对讲机，通知助手劳伦把"黑箱子"送往机场。

　　20分钟后，海斯和加尼到达到机场时，劳伦已先到了。过了一会儿，巴罗来了，三人挡住了他的去路。海斯向巴罗出示了"国际刑事警察总署顾问"的证件，让巴罗接受检查。海斯打开了"黑箱子"，说："它可不是普通旅行箱，它是一架高通率中子活化分析

仪。在它的电脑中，存有全世界各类枪弹炸药的元素含量数据。尽管巴罗先生玩弄了戴两副手套的把戏，先用猎枪射击后，摘了一副手套，又握着手枪向洛比小姐开枪。刚才'黑箱子'里射出的中子束照射了您的全身，得出的数据经电脑处理，已经查明，在您耳道里粘有骑士牌小型左轮手枪子弹的化学元素。并且查明，您左耳道的含量比右耳道多，说明今天早上您是用左手开的枪。"面对无法辩驳的证据，巴罗只得低下了头。

　　加尼走上来对巴罗说："议员先生，现在您不能出国了，还是到警察局度假去吧！"

《少年科学》，1986年第9期，庄秀福改编

神 笔

程 东

最近，我们班出了件大怪事：绰号"错别字大王"的马小良，这次语文考试竟得了全班第一名！同学们为了弄清真相，决定对马小良进行一番侦察。

晚上，我和郭勇来到马小良家，故意跟他一块儿做功课。写着写着马小良的笔突然发出"嘟"的声响，接着又发出又尖又细的声音。马小良听到声音后，就赶快去查字典。看来，秘密就在那支笔上。

第二天下午，马小良踢球去了。我和郭勇偷偷看了马小良的神笔，结果被马小良发现了。马小良只好坦白：是神笔帮助自己纠正了错误。我接过笔在纸上试写了一首诗：秋天到，田里庄……刚写完那个"庄"字，笔就叫了，并讲起话来："错字，请改正！"我想，是不是"庄"字写错了，就改成了"桩"字。没想到笔又叫了，接着又说话了："别字，请改正！"

马小良吃吃地笑了起来："看来你也是错别字大王！"呀！这个"庄"字多一点，不是庄稼的庄。"桩"字也不是庄稼的庄，是木桩的桩。原来这支神笔有个特点，会纠正错别字，难怪马小良用它答语文考题，成绩大大提高哩。

为什么神笔有这么大的本领呢？我们去请教了神笔生产厂的厂长、马小良的爸爸马叔叔。他告诉我们，这是一种"纠错电子笔"，它由超微型电脑、发声系统、书写机构等三部分组成。它将常用汉字和数字计算法则等存入了电脑。当书写错字时，电脑就会输出信号，提醒使用者纠正错误，一直到书写正确为止。数字计算中出现了错误，它也会发出警告信号，帮助使用者算题。

听了马叔叔的介绍，郭勇拍着胸脯说："有了神笔，我门门考试都能得100分了。"

马叔叔笑着说："你别吹牛，我出道题考考你：就以神笔为题，写首五言诗吧。"

郭勇接过笔，憋了半天，才写出了两句：神笔神又神，写诗太费神。

我和马小良都笑了起来，这是什么诗呀？马叔叔接过笔在下面加了两句：只能做工具，成功靠勤奋！

我们都笑了，看来什么东西都不是万能的。

《我们爱科学》，1986年第9期，余爽改编

特效饮料

达世新

博物馆的下班铃响了，收藏员鲁大年正要关大门，门外来了一个瘦弱的姑娘，她说："我是来告诉一声，一门16世纪的古炮卸在门外了。"鲁大年低头一看，姑娘的脚旁果然有一门锈迹斑斑的古炮。这炮似乎在哪儿见过。噢，想起来了，他半年前和水下考古队在离海角镇不远的鬼见愁海域考古时，在海底见过这门大炮。是谁把这几吨重的大炮打捞起来了呢？

鲁大年疑惑地抬起头来，姑娘已经走远了。这炮是不是仿造的？得验证一下。只要到海底去看一下，那炮还在不在，情况就清楚了。鲁大年决定当晚就去。他拿了一套潜水服，登上了去海角镇的公共汽车。谁知汽车在半路上坏了，得等别的车来拖，乘客们只得在车上等着。过了会儿，车身摇摇晃晃地抬升起来，并不快不慢地前进了，十几分钟后，汽车在终点站停下，乘客们下车后，都往车下看，却没发现什么。

可鲁大年是个打破砂锅问到底的角色，他用手电在地上一照，发现有一尺长的湿脚印。他循着脚印追踪起来，脚印到了一幢灰白色的屋前就消失了。他的手一碰门，门就开了，听见屋里传来海水的响声。他仔细一看，海水声来自一架自动录像机，荧光屏显示出一名潜水员在海底行走的景象。

鲁大年在荧光屏前的椅子上坐了下来。由于口渴，他顺手拿起手边的一杯水一饮而尽。荧光屏上显示的是鬼见愁的海域，那门炮已不在了。这潜水员不知哪来的力气，把一块几吨重的巨石轻松地举了起来。

鲁大年想去找他谈谈，他撑着椅子要站起身来，椅子马上散了架；他的身体靠在墙上，房子就晃动起来。这时，他才知道自己的

力气好像大了许多倍。这是什么原因呢？

　　莫非是刚才喝的水？鲁大年拉亮了电灯，看到茶杯上标有"力大灵饮料"的字样。他打量四周，原来这是一间实验室，写字台上有本工作日记。他翻阅起来，谜底解开了：屋子的主人就是这位潜水员，他是位生物学家，长期致力于蚂蚁有超级力气的研究。他发现蚂蚁体内有一种化合物，它提供的能量可以使肌肉蛋白的长形分子在刹那间高度收缩起来，从而产生巨大的力量。他经过无数次失败，终于人工合成了这种化合物，人喝下去就能成为超级大力士。近来，他正在做应用试验。为了负重行走的方便，他还自制了一双特殊的大鞋。

　　鲁大年恍然大悟。这时，荧光屏上出现了那位潜水员的面部特写。哈哈，原来是你啊！读者朋友，你们也一定猜出这人是谁了。

《少年科学》，1986年第5期，庄秀福改编

夜　眼

——梅思德教授的试验

黄人俊

　　记者老王听说有个叫梅思德的医学教授放弃了规定的研究课题，带着一个年轻的女大学生，到乌林镇去进行毫无价值而又不负责任的研究，还听说他用活人做试验。老王觉得其中大有文章，决定前去采访。

　　老王乘火车到达乌林镇时已是半夜，他在黑暗中走路把腿摔伤了，还着凉患了感冒，住进了乌林镇医院。第二天暮色降临时，老王躺在病房里，蓦地，听到一声刺耳的惨叫，几秒钟后又是一声。老王感到蹊跷，赶紧穿上衣服，蹑手蹑脚下楼，走近一扇小门时，听到里面传出金属器械的碰击声。他悄悄走进去，见手术台上躺着一个人，脸上盖着一层纱布。老王轻轻揭开纱布，差点失声叫了出来：这人没有眼球，两个眼窝凹陷着。老王仓皇往外退，慌忙中碰到了墙上的开关，整个房间照得通亮。他逃回自己的病房，心中怦怦直跳。

　　没多久，他的病房中来了个女医生，严厉地训斥道：“你太莽撞了。由于你的无知和浅薄破坏了梅思德教授的试验，使一个无辜的人失去了复明的权利。”

　　老王惊得跳了起来：“什么？梅思德果然是用活人做试验？”

　　女医生说：“你先别急，听我慢慢说。有的人因视网膜损坏失明，以前没有办法医治。梅教授通过多年努力，成功地用遗传工程的方法改变人眼的视杆细胞和视锥细胞，能使人眼复明。我本人几年前因车祸失明了，经梅教授治疗，现已能视物。不过梅教授的研究还不完善，眼睛只能接收红外光，也就是说受试者只能夜间视物，白天看不见东西。"

"原来是这样。"老王恍然大悟。

女医生接着说："不过，梅教授始终无法进行真正的试验，因为试验要取出人的眼球进行一系列手术，如果一旦失败，那么受试者将永远失明。正因为如此，梅教授遭到许多人的攻击。你不也是为此而来的吗？"

老王无言以对。

几个月后，老王收到梅教授的一封信，信中说："上次我在培育视觉细胞时，你无意中打开了强光灯，强光不仅没有摧毁培育的细胞，相反，引起了遗传基因的突变，使我的试验取得突破。现在，我已经能使人眼既能接收红外光，又能接收可见光，无论是黑夜，还是白天，都能看清东西。夜眼试验终于成功了。作为记者，您一定会感兴趣的。欢迎来访。"

老王接信后立即重访乌林镇，写出了《夜眼》这篇报道。

《科学文艺》，1986年第3期，庄秀福改编

永生之梦

姜云生

2005年的一天，台北《XX日报》体育记者陈重明，接到20年前在英国留学时的同学魏凌非的电话，约他半小时后到皇后饭店会面，有要事相商。

陈重明马上驱车来到皇后饭店，见魏凌非一点也不见老，还是20多岁的样子。两人寒暄一番后，魏凌非说："咱们长话短说，让我尽快解开你心中的疑窦。20年前，我从英国回到中国台湾，找到

我叔父魏天福，他是台湾首富。我潜心研制生命素，5年后我让一株枯死了的人参在生命素液中重新发芽、开花；第7年我让叔父家的一只老猫返老还童。叔父完全被我的研究迷住了，花大钱资助我。而今天，我终于把生命素应用到人类身上，今后不知能为他捞回多少亿。"

"那么，你叔父已经服用过了？"陈重明问。

魏凌非冷冷一笑："难道我叔父敢拿自己做试验吗？为了保密，他不愿用志愿者。20年来我像隐士一样躲在一个山村里。"

陈重明又问："今天你找我是……"

魏凌非答："我叔父急于要把生命素推向市场，准备在竞技场搞一次活动广告，请你报道此事。"

陈重明保证道："那不成问题。"

两天后，在华夏竞技场有一场球赛。观众被告知，赛前有一场极精彩的活动广告。运动员进行曲响起后，20名老头、老太太入场了。这20名老人半个世纪前都是威震亚洲乃至世界的体育健儿，但岁月不饶人，他们步履蹒跚，老态毕现。上万名观众啼笑皆非，不知主持者葫芦里卖的什么药。

一个身着白衣的工作人员从一个托盘里取了一瓶液体，递给一名老太太，老太太一仰脖就喝了下去。不一会儿，奇迹出现了，老太太自己也惊呆了：牙齿一颗颗冒出来，树皮般的皮肤变得光滑起来，白发变成了青丝……没多久，20名老人全不见了，站在台上的是20名生龙活虎般的男女青年。

此时，广播响了："先生们，女士们：刚才大家亲眼看见了返老还童的事实，这是魏天福公司生产的生命素创造的奇迹。生命素卖1亿新台币一瓶。"从惊愕中回过神来的观众激动了起来，看台上仿佛起了海啸！口哨、尖叫、狂笑、吼声……陈重明心中一惊，猛然醒悟过来，拉着魏凌非向外逃，但为时已晚。有人认出了魏凌非，高喊："那个和尚头就是发明家，向他要生命素！"人群像潮水般涌来，魏凌非摔倒了……被发疯的人群踩在脚底下，成了肉饼！

《科学文艺》，1986年第3期，庄秀福改编

空中碟影

焦国力

丁鹏是个优秀的飞行员，这次他奉命试飞我国最新研制的新型战斗机。飞机第一次试飞十分顺利，但在第二次试飞时发生了故障：开始左发动机有问题，接着是右发动机有问题，最后连应急动力系统也失灵了。

在这紧急关头，丁鹏请求迫降。正在此时，一个圆盘状的飞行物朝丁鹏的飞机飞来。丁鹏看到，那飞碟伸出"爪子"，把他的飞机紧紧抓住。接着飞碟下面打开两扇舱门，"爪子"收了回来，将丁鹏的飞机紧紧靠在敞开的舱门上。丁鹏听到一个浑厚的声音："请你沿着楼梯走上来。"

丁鹏决心弄清这个不明飞行物的秘密，就鼓起勇气，走了进去。这里的情况让丁鹏惊呆了：在墙上的大屏幕上，竟出现了丁鹏的飞机，接着，有两个人影出现在飞机里。

"不许动我的飞机！"丁鹏叫了起来。他心想，这架飞机是绝密的，许多国家的间谍都企图窃取这里面的情报。如果外星人把飞机弄走，这将是自己的耻辱！

想到这里，他跳了起来，企图冲出门去。可是门关得严严的，根本推不开。正在他想法逃走的时候，飞碟竟不知不觉地飞到了地面机场。舱门打开了，丁鹏出门一看，奇怪了："这不是我起飞的机场吗？"

　　是的，丁鹏正是被飞碟送回到了原来的机场。在机场上，他受到了自己的上司——飞行大队长的热烈欢迎，并被接进了指挥室。

　　在指挥室里，站着一位精神矍铄的老人。大队长感激地对老人说："石华教授，我代表全大队的同志，感激您救了丁鹏。"

　　"不，是空中营救船救了他。"石华教授笑着说，"同时，丁鹏也检验了空中营救船的性能啊！"

　　丁鹏终于明白了，飞碟原来是国产新型空中营救船。而刚刚在飞机中出现的人影是负责检修飞机的机器人。营救船是在人造卫星的协助下，掌握了丁鹏在试飞中遇到的危险情况，用电脑控制执行营救任务的。

　　丁鹏想起刚才还以为自己是被外星人抓走了呢，不禁笑着对石华教授说："你的智慧胜过宇宙人啊！"

《我们爱科学》，1986年第2期，刘音改编

大海的洗礼

晶　静

　　三个同是13岁的孩子：下肢瘫痪的中国孩子强强、先天失明的刚果大使馆一官员的儿子非非和从小失聪的外语学院法籍教师的女儿艾丽米，他们是好朋友。在邱老师的帮助下，他们参加了去青岛进行海上考察的夏令营。孩子们在星星号考察船上生活得十分愉快。第三天傍晚，星星号遇到一艘货船失火，邱老师让星星号靠近货船，帮助救火。在救火过程中，强强、非非和艾丽米不慎落入海中。等救火完毕，大家才发现三个孩子失踪了，邱老师和大家非常焦急，向上级求救。

　　但幸运的是，强强他们没有被淹死。他们落入海中后，被一群

助人为乐的海豚救到了一个荒岛上。怎样才能脱离困境呢？当三个孩子正在手足无措时，来了七八个人，蓝头发，肤色有金色的、银色的和浅蓝色的。其中一个蓝发银肤、像美人鱼一样漂亮的阿姨十分热情，她通过手语告诉孩子们，他们是外星人。知道三个孩子是遇难的小朋友，他们邀请孩子们到海底疗养院作客。孩子们见她十分友好，就接受了邀请。

强强他们随外星人钻进一只古怪的金属物体里，沉到了海底，进入一个华灯高照的宫殿。外星人对他们很友好，招待他们吃饭。饭后，阿姨抱来一台小仪器，这是一台语言破译仪，通过它，阿姨告诉孩子们，他们来自Y-卫3星，是来考察太阳系的，在海底疗养一些日子之后，就要到月球去考察。孩子们表示也想去月球。阿姨提出，先治好三人的病，让他们成为健康人之后再说。三个孩子兴奋极了。他们早就盼望有这样一天。

阿姨把他们领进一间用白珍珠装饰起来的小房间，向每人送了一件礼物，强强得到的是几块小骨头，艾丽米得到两片小网膜，非非得到一根长长的鱼刺。阿姨说，礼物不珍贵，但可变成十分有用的东西；这房间里的一切可供他们使用，希望他们开动脑筋，互相帮助，使自己健康起来。

三个孩子看着礼物，不知有何用处。经过苦苦思索，他们终于想到了它们的用途：非非学过针灸，可把鱼刺加工成为"银针"，为强强治腿；强强把小骨头磨成听骨，可使艾丽米恢复听觉；艾丽米的网膜可让非非重见光明。可是怎样开始工作呢？他们看到了书架上的那本大书，把书打开，书上出现了活动的画面，还飘出音乐和说话声。他们搬来语言破译仪，听懂了书中的话。强强弄明白了怎样加工人造听骨，他就用橱中的工具，对几块小骨头加工起来，终于磨成了一副听骨。

恰在这时，阿姨来了，她看了听骨十分赞赏。她拿起激光手术

刀，很快为艾丽米换上了听骨，艾丽米马上有了听觉。阿姨把她推到另一台仪器前，让她戴上耳机，用几个小时学会说话。

阿姨又拿出一瓶药水给非非，说这药水配上针灸，疗效会更好。非非用鱼刺磨成的银针蘸上药水，为强强的腿施针，扎完针又进行按摩。奇迹出现了，强强站了起来，行走自如。

阿姨再次拿起激光手术刀，为非非做手术，艾丽米做她的助手。很快手术成功了，非非见到了光明，见到了五彩的世界。三个孩子搂成一团，又蹦又笑，觉得自己成了世界上最幸福的人。

过了几天，三个孩子随外星人到了月球。在月亮上看地球，是一个蓝光莹莹的、比月亮大得多的美丽的圆球。

外星人完成了对月球的考察，要返回Y-卫3星了。阿姨把三个孩子送到中国东海岸的一个小渔村后，登上那闪闪发亮的飞行物，消失得无影无踪。三个孩子在渔民的帮助下，回到了自己的家中。

《少年科学》，1986第10～第12期，庄秀福改编

请买爱犬牌狗食罐头

李　钢

佳美狗食罐头厂总经理鲍勃先生坐在沙发里发呆：最近厂里生产的爱犬牌狗食罐头滞销。鲍勃先生没好气地嘟囔着："不订货，不是要我们破产吗？"他的爱犬比利晃着尾巴从他眼前走过，差点没挨他一脚。

正在这时，广告科长杰克先生走进屋来。鲍勃从沙发上跳了起来："哼，你这个广告科长是怎样当的？"

杰克平静地回答："请息怒，我保证用不了3天，我们的爱犬牌罐头会受到全城每个养狗家庭的欢迎。"

鲍勃先生不信，杰克看了看手表，然后快步走到电视机前，打开电视机。突然，屏幕一闪，出现了爱犬牌罐头的镜头，同时伴随着女解说员清脆的声音："为了您心爱的狗狗健康长寿，请买爱犬牌罐头……"

说来也怪，随着解说声，本来趴在地毯上的比利突然站起来，跑到电视机前，紧盯着屏幕上的爱犬牌罐头，那神情好像要把罐头一口吞下去似的！

鲍勃先生惊奇地瞪大了眼睛。杰克洋洋得意地说："这是我花重金播出的广告。在播放广告时，同时发射载有超声波的大功率无线电信号。这信号人是听不到的，狗却能听到，而且十分刺耳，所以会引得所有的狗坐立不安……"

鲍勃兴奋地抱住杰克："你真是天才，我一定提拔你当副总经理。"

话音未落，桌上两部电话骤然响起来，原来都是来订购爱犬牌罐头的。

但是，好景不长。爱犬牌罐头打开销路后，广告的秘密被泄漏了。真相大白后，商店老板纷纷要求退货。鲍勃先生的工厂又面临危机。

一位新闻记者在评述这件事时写道："鲍勃先生利用科学欺骗顾客，最后落到破产的地步，这是自食恶果。"

《我们爱科学》，1986年第11期，余爽改编

塔克拉玛干的魔毯

—— 二十世纪的来信(第三封信)

刘兴诗

陈卓明和汪雪拆开了铁盒里的第三封信，这是一个沙漠里的孩子写的。信中说：

"21世纪的科学家，塔克拉玛干沙漠真是太干旱了，如果您能改变它，那就太好啦！"

两人看完信，决定到塔克拉玛干去一次。

飞碟像一颗流星，迅速掠过起伏的山冈和空旷的戈壁滩，飞进了黄尘漫漫的塔克拉玛干大沙漠：一片荒芜，没有一点儿生命的迹象。陈卓明心里明白，塔克拉玛干以前不是这个样子。古代时这里有森林，著名的丝绸之路也从这里经过。虽然后来气候变干燥了，但很可能在地下深处，还隐藏着许多古代遗留的泉水。陈卓明驾着飞碟，沿着荒凉的驿道往前飞。

忽然，他们看见一丛丛茂密的胡杨林。他们连忙降落，用红外线探测仪勘查了周围的地面，仪器显示反映在地下隐藏着一个巨大的地下湖，后来还探明这样的暗湖还有不少。汪雪高兴极了，说："赶快把水汲出来，浇灌沙漠吧！"

陈卓明说："还不成啊！这样很难保证水分不会在沙地里被蒸发和渗漏掉。"

怎样防止蒸发和渗漏呢？两人设想了许多方案，都没有成功。后来陈卓明设想在大沙漠上铺一样东西，以防止渗漏。他把这个念头输入电脑，电脑屏幕上显现出结论："请喷洒有机泡沫塑料。"

并附有简图和方法。

两人欢呼了起来。按照电脑的指示，神奇的有机泡沫塑料在化工厂里制造出来了。他们带了几大桶，首先飞到发现地下湖的地方。在那儿已有一支地质队用钻机把地下水汲了出来，一股水柱喷向天空。陈卓明和汪雪把有机泡沫塑料撒到沙地上，仿佛铺上了一块魔毯，从天空洒下的水珠被吸在这种塑料孔隙里，一点儿也没有渗漏和蒸发。更神奇的是，沙地上洒上这种塑料，一阵旋风过去，再也吹扬不起滚滚的尘沙了。

啊！塔克拉玛干真的变样了。在21世纪的科学家面前，变得温驯多了，仿佛改变了它的性格。

《少年科学》，1986年第1期，庄秀福改编

绿　门

刘兴诗

这是一幢很大很大的房子，有许多房间，当然也有许多门。有趣的是，每扇门都漆成不同的颜色。丹丹的爷爷住在这儿，这是爷爷工作的研究所，也是他的"家"。

有一个寒假，丹丹来看望爷爷，住进了这所古怪的大房子。可惜爷爷很忙，不能陪他玩。丹丹独自在大房子里瞎转，他打开一扇又一扇的门，走进一个又一个的房间，找不到好玩的东西，非常失望。

这时，丹丹打开了一扇绿门，走出去一看，一下子惊呆了。只见一片绿油油的草坪，小鸟在歌唱，蝴蝶在飞舞。真奇怪呀！现在是冬季，但这儿完全像春天。难道这是一个梦？

丹丹连忙跑回大房子，走到大门口看，外面还在下雪。他转回大房子，打开一扇黄门，外面是一个金黄色的世界，林子里满是枯叶。丹丹回头又跑，终于在大房子的另一面，找到了夏天的树林。噢，这不是季节变换吗？原来在这座大房子周围，隐藏着不同的世界呀！

这是魔术，还是科学的结晶？丹丹跑来跑去，发现在绿门外面的天上，悬着一个小太阳。想必是它融化了白雪，才产生了春天的奇迹。谁把小太阳挂在天上，准是太空人！

正在这时，丹丹听到"嗡嗡"的声音，不一会儿，只见爷爷驾着一个飞碟，降落到他身边。他登上飞碟一看，里面放着十七八个大圆球。"这是人造小太阳，"爷爷说，"凭它自己的能量可以浮在天上！"啊哈！原来这不是太空人创造的奇迹，爷爷就是春天的制造者。

爷爷说："飞吧，让我们把春天带给大地。"

飞碟呼地一下飞了起来，飞过山冈，飞过小河。爷爷听从丹丹的安排，把一个小太阳放在农田上空，一个给林区，一个给城里的孩子们。积雪融化了，孩子们才能踢足球呀！

丹丹往下看，在小太阳照射的地方，白雪全都融化了，泥土隐隐约约地泛出了绿色，那就是春天的种子吧。

地上的孩子们可高兴啦！跟着飞碟追赶，边跑边大声欢呼，"多么暖和的小太阳！""瞧，飞碟里有个小太空人！"

丹丹隔着舷窗大声回答："我不是太空人，我是丹丹。"可是飞碟飞得太快了，地上的孩子们没有听见他的声音。

《儿童时代》，1986年第11期，庄秀福改编

父母出差的时候

刘 咏

第一缕阳光射进窗子，经爸爸专门训练过的黄鸟就看到了。它当即飞到小精灵头顶旁，唱起歌来。小精灵是一台袖珍微电脑，鸟鸣声刚落，小精灵荧光屏上的闹钟就响了起来。睡在床上的叶丹马上起床，这时，窗帘自动拉开，窗子自行开启。叶丹穿衣、叠被、做操、洗脸、刷牙完毕，走进厨房。昨晚奶奶事先调好定时器的微波炉已为她准备好了早餐。叶丹一边吃早餐，一边按下小精灵的按钮，进行呼叫："精灵，精灵，我是精灵王！"顿时，爸爸、妈妈在荧光屏上出现了，也都在吃早饭。他们对叶丹说，家里没有大人，要她多加留神。

原来，叶丹的爸爸是一位著名的计算机专家，他发明的小精灵家用袖珍微电脑是独一无二的，可以与国内和国际的各种计算机网络相连，能了解各种信息，处理家中的日常事务。这次爸爸到南方出差，妈妈到北方出差，他们各带一台小精灵，约定每天早上6点半联络。

8点钟，叶丹在家上课，她专心注视着小精灵的荧光屏。一节课上完了，休息几分钟。此时，电话铃响了，是一个陌生男人的声音，他说，他是奶奶的外甥，要来看奶奶。叶丹说，奶奶中午才回家，让他中午来。

半小时后，一把钥匙插进锁孔，一个长着驴脸的男人偷偷进入屋中。"驴脸"已经摸清，现在这屋中空无一人。他看见了桌上的小精灵，便熟练地在键盘上操作起来，荧光屏上立刻出现了一张手续完备的巨额银行取款单。"驴脸"兴奋极了，开动打印机，企图打印取款单。

这时，忽然飞来一只黄鸟，对小精灵发出了急促的叫声。荧光屏上立即出现"作废"两个大字。这下把"驴脸"吓坏了，他扭头就往外跑，可是门窗自动关上了。他抓起一把椅子，要砸小精灵。黄鸟疾飞过来，对他的眼睛啄了一口，接着又鸣叫起来。小精灵又有了反应，叶丹的父母同时出现在荧光屏上。爸爸对"驴脸"说："我们已报了警，你跑不了啦。"他还警告"驴脸"，不要乱动，别再打坏主意，否则罪加一等。"驴脸"吓得直哆嗦，一屁股坐在地上。

　　10分钟后，两个公安人员进来，把"驴脸"抓走了。过一会儿，奶奶和叶丹都回家了。她们走到小精灵前，与荧光屏上的爸爸、妈妈会面，四人相对欣慰地微笑着。

　　　　　　　　　　　　《少年科学》，1986年第3期，庄秀福改编

不要问我从哪里来

缪　士

　　意籍华人青年林青和留意中国女学生小艾驾着一艘游艇在海上游玩，不幸遇上风暴，游艇被刮到百慕大海域。在与惊涛骇浪的搏斗中，两人昏了过去。

　　他们醒来时，见一个俊美的男子站在他们跟前。那男子用德语自我介绍说，他是森特船长，是"新世界"这个国家的军人，负责巡逻海疆，他曾救过不少海上遇难的人。

宇宙病毒

　　林青和小艾随森特踏上"新世界"的土地，这是个美丽的国家，风景如画，街道漂亮，男子英俊，女子靓丽，个个彬彬有礼。小艾觉得好像到了《镜花缘》中的君子国，林青很快迷上了这个国家，决心留下来不走了。

　　两人在街上闲逛，走到了街的尽头。这儿是繁茂的树林，他们在林中遇见一个古怪的老头，经交谈，得知老头是"新世界"的开国元勋。老头说："1939年，第二次世界大战开始时，许多知识分子从德国逃出来，我乘坐的一艘轮船在经过百慕大的时候，遭遇风暴阴差阳错来到了这个岛上。岛上有为数不多的土著人，我们决定留下来，与土著人一起建立一个没有战争、没有丑恶、没有杀戮的共和国，于是'新世界'建立了。我们大多是科学家、哲学家和艺术家，短短几十年，就把国家治理得井井有条。我们发明了一种VLC美容药，可以让大人由丑变美，让胎儿在母体中就完美无缺，我们不想让世界上的人们知道我们的存在，所以采取了严密的防护措施，在500千米外设了一道HE防线，肉眼看不见，也不能越过，人造卫星也测不出我们的存在。"

　　在完美无缺的"新世界"逗留了几天，小艾感到不能适应，越来越想念自己的祖国。小艾找到森特船长，请求船长送她离开"新世界"。

　　对于小艾的决定，森特十分惊讶，因为凡是进入该国的人，从没有要求离去的，小艾是第一个。但森特尊重小艾的意愿，把小艾送出了"新世界"。

　　小艾终于经由意大利回到了中国。在"新世界"经历的一切，在小艾身上没有留下任何痕迹。没有谁能证实这一切，连小艾自己都怀疑，关于"新世界"或许真的是一场梦！

　　　　　　　　　　《科学文艺》，1986年第1期，庄秀福改编

金 魔 王

泮云强

金马县是个山区，农业生产不太景气。当年在金马县打过游击的小八路，现任农业局局长的罗杰夫心中不免焦急，看到有些单位与外商签订什么合同，罗杰夫感到眼热。

两年前，N国有个参观团到中国访问，团中有个叫迈克尔的牧场主，60年前出生在中国，他的父亲是金马教堂的牧师。为此，迈克尔专门重访金马县。迈克尔见到罗杰夫，两人还是老相识，谈起往事唏嘘不已。迈克尔说："金马是我第二故乡，我愿为故乡的建设尽点绵薄之力。"他当时就决定，低价卖给金马县1000台适合山区耕作的小型拖拉机。此外，他又与罗杰夫口头决定，无偿提供10吨高产玉米"金魔王"，作为种子栽种在金马山腹地，等收获后，再以高于世界市场的价格，由他收购后喂牛，罗杰夫当即应允了。

有一天，迈克尔又来到金马县，一是考察玉米生长情况，二是正式签订合同。迈克尔、罗杰夫和农业局秘书陈丽英乘车来到金马山半山腰，抬头四望，到处可见一个个裸露的矿口，这儿是金矿场，全县80%的金矿全集中在这里。下车后，迈克尔到一块玉米地里，拔起几棵，用长尺和弹簧秤进行测量。陈丽英把他测量过的玉米捆到一起，放到车上。罗杰夫问："玉米长势可好？"迈克尔说："很好，在这儿种的'金魔王'玉米，淀粉含量高，很对我牧场中牛的胃口。"

第二天，县农业局会客室里坐了不少领导，准备与迈克尔签订购销"金魔王"玉米的长期合同。但是，掌管农业局大印的秘书陈丽英迟迟未到，罗杰夫非常恼怒。2个小时后，陈丽英赶来了，后面还跟着科研所王所长。王所长径直对罗杰夫说："这合同不能签。我们对玉米进行了化验，从中冶炼出了黄金，出金率达 1%。事情是这样的："'金魔王'是迈克尔专门培育出来的一个玉米品种，它能大量吸收地中的金离子。迈克尔的父亲曾是金马教堂的牧师，对我县的矿产资源十分了解。迈克尔收购玉米是假，掠夺黄金是真……"罗杰夫听了吓出一身冷汗，心想：总算还好。如果签了合同，就损失惨重了。

《科学文艺》，1986年第2期，庄秀福改编

击剑冠军之谜

彭正辉

我在《体育日报》上看到了王燕燕夺取八省一市少年击剑锦标赛冠军的报道，感到十分惊讶。王燕燕是我的同学，学习成绩很好，可是不爱运动。两年前她随父母到B市去了，怎么一下子成为击剑冠军了呢？为了揭开这个谜，我受《小主人报》的委托，到B市采访王燕燕。

到达B市，我见到了王燕燕，她正在练剑，剑技果然相当高超。我和她比试了一下，被她打得落花流水。我问她，在短短的两年内，是怎样练就这一手好剑法的。她说，这个问题，她也讲不清楚，但是她说可以去问问她的鲁教练。

我随王燕燕找到了鲁教练，向她提出了上述问题。鲁教练说："以前有人问过我这个问题，但我没有回答，现在可以解答了，因为许多数据已经出来了。大家知道，我们的一举一动，全是由大脑发给肌肉的命令——在一种特殊的电信号的控制下进行的。这些电信号的变化可以在肌肉表面用电子仪器记录下来，这便是我们常说的'肌电'。甲的肌电信号通过特别的无线电装置，可以传递到乙

的相应肌肉里，并能使乙精确地重复甲的动作。根据这一原理，我们先用磁带记录下优秀击剑运动员训练时的肌电信号，然后把它存入特制的金属片中，再把这些金属片镶嵌在紧身击剑服的相应部位。新手穿上这种击剑服，便能做出优秀击剑运动员的许多高难动作。为了加强记忆，我们还在面罩上装了一片增强记忆信号的金属片，它紧贴大脑，使大脑能牢固记住各种击剑动作的信号。通过不断的改进，这项试验终于获得了成功。王燕燕就是这项试验的对象之一。"

我恍然大悟，提出了一个幼稚的问题："鲁教练，这样说来，用这种方法训练，任何人都可以成为优秀运动员了？"

鲁教练说："哪有这么容易的事！那些金属片虽能帮一个新手缩短训练的时间，但要想夺得冠军，还得付出辛勤的汗水。我用这种方法训练了22人，但只有王燕燕一个进步最快。伟大的科学家爱因斯坦说得好：成功=艰苦的劳动+正确的方法+少谈空话。"

说罢，鲁教练爽朗地笑了，我和王燕燕也笑了。

《少年科学》，1986年第2期，庄秀福改编

星际动物园

山 水

我是中学十年级的学生。由于一场误会，我到宇宙空间站动物园当了一名看守员。空间站动物园里饲养着从地球和其他星球运来的许多动物，几乎集中了全宇宙动物的精华。

我的任务是看守乌贼馆，馆里养着48只乌贼，是从布朗布星运来的。一天，我照例打扫、喂食，接着是点数，我数了几遍，都是49只，怎么多出一只乌贼？我百思不得其解。心想，这里面肯定有

什么蹊跷!

　　我目不转睛地盯着乌贼群。忽然,一只动作灵活的小乌贼扑在一只名叫马什卡的乌贼身上,用触角朝它的头上一搭,然后迅速走开了。马什卡没来得及做出任何反应,身体撞在防止动物逃跑的低压电线上,触电死了。我赶紧向动物园主任做了报告。

　　过了没多久,看管蜗牛兽馆的奥拉夫来告诉我,一头蜗牛兽死了。有一头奇怪的蜗牛兽曾偷偷地接近它,刺伤了它,以致它从天

花板上掉下来摔死了。

奥拉夫和我一起分析事故发生的原因。我们查看了动物园动物的死亡记录，两周以来死去了不少动物，死亡的幽灵从一个馆漫游到另一个馆。奥拉夫说："看来，谋杀的凶手能混入动物群中。"

我说："是的，我曾经发现多了一只乌贼，马什卡死后，又变成了48只，另外，我们应问问病理解剖学家，看他对此有何看法？"

傍晚，病理解剖学家斯拉夫告诉我们，在死去的动物大脑里，所有的信号传导通道都被切断了，这些动物仿佛变成了傻子，马什卡触了电，蜗牛兽从天花板上摔下来……

我问："是谁切断传导通道的呢？"

奥拉夫说："我认为这是外星人干的。每个星球上的环境会使生物体内形成先天性的反射，构造某些解剖上的特点。解剖学家、物理学家根据它们就能收集到动物原产地的全部资料。外星人要到遥远的未知世界去探险，他们就用了解星际居民的身体状况的方法进行探索。他们来到空间站动物园，这里关着来自各个星球的动物，它们身上带有自己产地的信息，就成了一个极难得的信息库。外星人伪装成乌贼、蜗牛兽等，从一个馆到另一个馆，记录下各种动物的信息。"

我急忙问："要是外星人化装成我们人类，我们也会遭到与动物同样的厄运吗？"

奥拉夫安慰说："不会的，因为人类是理性生物，外星人不能中断我们的信号。"

由于工作上出了差错，我离开了空间站动物园，回到地球上继续我的学业。

《少年科学》，1986年第8期，庄秀福改编

碧海桃源

王　术　　余柏森

瓦达加国是个岛国，面积只有240平方千米。这里土地肥沃，资源丰富，人民丰衣足食。但是由于没有节制人口，近几十年来国内人口激增，已达到240万，平均每平方千米1万人，因而产生了严重的环境问题和社会问题。

在这个岛国中，已没有森林和动物，连猫狗、飞鸟都见不到一只。城市连成一片，到处都是高楼，大都在50层以上，而马路只有一两米宽，公路和铁轨都架在空中。政府把居民的生活和工作分为日夜两班，才使马路和公共场所稍有缓和。庄稼地里竖起了高耸入云的钢铁架子，架子上有许多层隔板，每层隔板上都种了庄稼。即使是这样，还不能满足国民对粮食的需求，于是政府从国外买回一项合成粮食的专利。不少人的身上都背着一个箱了，那就是合成箱，吃这种合成的东西固然能填饱肚子，但却没有一点儿滋味。

面对这些问题，历届政府都苦无良策。第110届政府组成后，总统提名恩加为经济大臣。恩加听说他的老朋友、X国的东方明有一项极有意义的科学成就，能解决人口拥挤问题，当即率领一个由议员组成的代表团赴X国考察。

东方明接待了代表团，他带众人乘上一艘圆筒形船下潜到海中500米处，那里有一座极巨大的建筑物。东方明介绍说："这是我的一个海中实验室，叫作'府'，用于研究人如何在水下生存的问题。建'府'的材料是最新发明的，强度大于钢铁，可以隔水、耐压。'府'中有山有水，有田地庄稼，可进行生产种植，可说是碧海桃源。我们用固态氢制成人造太阳，满足了人们对阳光的需求；

还解决了海水淡化和引进空气的问题，人完全可以在海底生活。每个这样的'府'可以养活10万～30万人。"

恩加特别高兴，对议员们说："这太好了。如果在我们岛国周围建几个海下卫星府，国内人口就可以大大疏散。在我们岛上可以恢复农业、工业、建立花园城。再把那些失踪的动物请回来，还要恢复大森林和古庙的钟声。"议员们一致赞同。

后来，瓦达加国在X国的援助下，在东方明的指导下，逐步建成了多个海下卫星府，解决了困扰该国多年的人口爆炸问题。

《科学文艺》，1986年第5期，庄秀福改编

春光大厦

王晓达

菲菲要搬家了，听爸爸说，要搬到春光大厦去。这座大厦共有18层。菲菲想住得高高的，好欣赏远处的景色。可她外婆却不愿住那么高，因为住得太高，往外看外婆会头晕，下楼也不方便。

对这祖孙俩的争论，菲菲爸爸不偏不倚，表示双方的意见都可以考虑，而且都可以满足，真不知道他葫芦里卖的是什么药！

搬家的日子终于盼来了。大汽车开到天鹅湖畔，只见一座两层小楼掩映在树丛中。菲菲爸爸大声招呼："春光大厦到了！"

菲菲觉得莫名其妙，这大厦哪来的18层啊。菲菲爸爸拉起噘嘴的她，走进了楼门。进门有两部电梯，上面还真指示着有18层。全家人走进电梯后，门关上了。接着电梯往下一沉，大概是开动了。菲菲感到身子轻飘飘的，奇怪，这电梯不是上升，倒是像在下降，到了16层，全家人走了出来，顺着楼道，来到1603号门前。菲菲爸爸伸出一个手指，在电眼上按了一下，门自动开了。

菲菲知道这是指纹锁，这没有什么奇怪的。她奇怪的是两层楼房哪来的16层？带着这个疑问，她跑到窗前，往外一看。哈，果真在16层楼上。楼下天鹅湖像明镜在闪光，那辆搬家的大货车，变成"火柴盒"了。

外婆倒是皱起了眉头：住得这么高，真是提心吊胆。菲菲妈妈笑了笑，把外婆领到另一个房间。外婆走到窗前，一看，墙外是开满鲜花的绿地，那辆大货车停在门边，似乎就在眼前。怎么回事，同在一层楼，为什么一下子从16层又降到第一层呢？

菲菲爸爸走到装有一排标有数字的开关的墙边，按了一下"16"按钮，窗外的大货车又变成了"火柴盒"。他又按了一下"1"按钮，窗外的景色又恢复了原样。

菲菲再也忍不住了，叫爸爸讲出这座"魔楼"的秘密。原来这春光大厦的确是有18层，但只有两层建在地面，其他16层全建在地下。这种大楼不仅施工方便，而且冬暖夏凉。为了解决有人想住高层，有人想住低层的矛盾，使用了调节窗外风景的方法。原来大楼的外墙，是用光导纤维复合材料制成的。楼外有座高塔，它通过不同的角度，把远近风景送入光导纤维，传到大楼的每一个房间。只要按下某个数字的按钮，相应的光导纤维就在微型计算机的控制下，把地面上各种高度的景色传到墙上，使人产生了身临其境的感觉。

《我们爱科学》，1986年第7期，刘音改编

我申诉，我无罪

解渝生

山德鲁是个单身汉，家中无人照料。于是他到计算机通用公司租了一个最新式的机器人——卡尔·贝特，带回家帮他操持家务。

山德鲁今年65岁，没有固定职业，虽上了年纪，还不得不为生计而四处奔波，收入又低，要让他吃得好、休息好，的确相当困难。机器人卡尔花了两天时间为山德鲁制定出一套食谱和作息时间。每天早晨7点，卡尔准时叫醒主人，晚上10点催他入睡。每当山德鲁下班回家，卡尔已做好了香喷喷的饭菜，准备好了洗澡水。卡尔根据主人的收入状况，合理安排一个月的收支，上市场买东西，还懂得讨价还价的奥妙。卡尔把山德鲁的生活安排得井井有条，几个月下来，山德鲁脸上开始有了红光。

山德鲁对卡尔极为满意。每逢他闲下来，卡尔还陪他聊天。山德鲁把一个秘密告诉了卡尔：他在一家大银行存有一笔款子。准备养老用的，不到万不得已绝不动用。

两人的日子过得很融洽。不料，几个毛孩子给这个家庭带来了灾难。本来，计算机通用公司是准备给卡尔加上密码的，如果不知道密码，任何人都别想和卡尔沟通。但山德鲁为了省钱，在租用卡尔时没有加上密码，结果给自己招来大祸。这几个十几岁的小孩儿，不知怎样把家用计算机和卡尔的终端连接了起来，他们修改了山德鲁的食谱和作息时间。尽管卡尔很聪明，但也无法抗拒人的指令，只能按他们的指令行事，于是把山德鲁的生活秩序全搞乱了。

更糟的事情还在后头。一天，山德鲁上班去了，家中来了一个不速之客，自称是山德鲁的侄儿。他对卡尔说："山德鲁大叔有笔

存款，你把它转到我的账户上。"卡尔当然不会同意。但此人根本
不管这些，他不知从何处弄到了紧急存取指令密码，飞快按动卡尔
身上的按钮，接通了银行的自动出纳机。卡尔感到一阵晕眩……

　　山德鲁回家后，知道了发生的一切。他抚摸着卡尔说："伙
计，你没有错，这不能怪你。"第二天，山德鲁跳楼自杀了。

　　在法庭上，卡尔讲述了事情经过，最后申诉说："我是无罪的。"

《科学文艺》，1986年第4期，庄秀福改编

割断引力波

尤 异

　　记者刘明听说有人在派出所报案：三个小孩被飞碟抓走了。他感到奇怪，便到派出所去采访。刘明见到了报案的男人，让他讲述事情的经过。那男人说："约在两小时前，我走到浦口公园门口，听到天上有人喊我。我抬头一看，见一只橄榄球一样的东西飞在空中，我儿子正凭窗喊我呢。我刚要向他问话，那东西突然高飞，从窗户里掉下两样东西。"说完，那男人拿出一顶小孩戴的帽子和一把带鹿形小坠的钥匙。

　　派出所所长让那男人先回家，说一有消息，会马上通知他。刘明看到那把钥匙，认出这是他同学——发明家艾玉峰的钥匙。刘明决定先去艾玉峰家，问问钥匙是怎么到了飞碟里的。

　　刘明到了艾玉峰家，艾玉峰正生病躺在床上。他见刘明来了，按了按手腕上的表把，又把手招了招，一把暖壶慢慢飞来；他倒了两杯水，然后又轻轻一推，暖壶又飞走了。这情景把刘明惊呆了，忙请教其中的奥妙。艾玉峰说："自从爱因斯坦预言了引力波的存在以来，大家一直在寻找。我终于找到了引力波，还发现了一种可以割断引力波的物质。说是割断，实际上是屏蔽。物体用这种物质包起来之后，就会失去引力。我在暖壶外面包了这种物质，仅留出一个小口，引力波对这暖壶就失去了作用，在空气的浮力下，它会飘起来。我把手腕上的遥控器一按，用手一招，暖壶便飞到我身边了。"

　　这时，刘明想起了飞碟。他拿出那把钥匙，并说了三个男孩和飞碟的事。艾玉峰一听，说："坏了，这是我车库的钥匙。"他急忙从床上起来，跑到车库一看，门开着，里面是空的。艾玉峰说："我组装了一只飞碟，外面包着可割断引力波的物质，只要把舱盖一盖，便会飞起来。我把飞碟放在车库里，昨天我的外甥和两个同学看见飞碟，以为是游艇，要借，我没借，想不到他们偷偷弄出去了。但他们不会操纵，弄不好会出事。"艾玉峰看了看天，又说："现在刮的是西南风，我们赶快到海边去找。"说完，艾玉峰和刘明向海边赶去。

再说艾玉峰的外甥黄慧和两个同学正在飞碟上，他们既恐慌又懊悔。几小时前，他们把"游艇"弄到河里，一盖上舱盖，"游艇"就飞了起来。开始时，他们觉得挺好玩，后来就害怕起来。飞到浦口公园上空时，孙勇见到了他爸爸，喊了起来，并扔下帽子和钥匙，让他知道自己的去向，来救他们。飞碟越飞越远，到了海面上空。他们想，怎样才能降下去呢？年龄最小的王岩提出："既然盖上舱盖能上升，那么打开舱盖就能下降。不过我们不能一下子下降太多，不然会摔死的。我们下降一段，就把舱盖关上，过一会儿再下降一段。"于是，他们最后安全地降落到一个荒岛上。

艾玉峰和刘明到了海边，乘了一艘汽艇在海上寻找。后来他们登上一个荒岛，找到了三个孩子，五人一起挤进飞碟，飞回到了家中。

《少年科学》，1986年第6、第7期，庄秀福改编

哪　吒

张之杰

我就是妇孺皆知的哪吒。我有过一段离奇的经历——我死去一次，又复活了。我的第一世只活了17岁——但世俗误传为7岁。我未曾杀死过东海龙王的儿子敖丙，我杀死的是纣王宠妃妲己的弟

弟——一个无恶不作的恶棍。

那年，妲己的弟弟在陈塘关欺压百姓，我父亲李靖是陈塘关总兵，但不敢管他。我出于义愤，带了百姓向他理论。他大怒，拔剑要杀我。我一把抢过剑，反身一挥，劈落了他的头。百姓见我闯了祸，催我快逃，于是我逃入山中。天黑时，我觉得应该回去领罪，不然纣王会把账算到我父亲的头上。正在这时，我发觉树林中透出强烈的亮光。

我走进树林，发现林间空地上有一个圆盘状的怪物，比一般房子还高。怪物中走出来一个老公公，"哪——吒——"老公公竟然叫得出我的名字，我很吃惊。"我是太乙真人，是从很远地方来的神仙。"

神仙！我不由得跪了下来。老公公问："你是否想回去替你父

亲赎罪？"我点了点头。"有骨气！"神仙拍拍我的肩膀。"可是你是人间少有的仙品，死了太可惜。好吧，我送你回去，让你死得轰轰烈烈，然后再让你复活！让人间有个十全十美的哪吒。"

神仙说完，带我走进怪物，原来怪物是间房子，房里的一切我全未见过。神仙拿出一颗白色的东西让我吃，吃下后我便什么都不知道了。

等我醒来时，发现自己已换上一套新衣服。我赶紧坐起来，向神仙表示，我要回去替家人赎罪。神仙哈哈大笑："你已经替你父亲赎过罪了。现在你已经是属于你自己的哪吒，不再是属于李靖的那个哪吒了！"神仙的话，我似懂非懂。

神仙笑笑，转身往墙上一按。突然我看见一个人，竟然是我自己——哪吒，穿着原先的衣服。那个哪吒来到陈塘关，李靖见他回家，大骂道："你这个畜生……"这时，钦差到来。钦差怒斥李靖，哪吒杀了王亲，问李靖该当何罪。那个哪吒挺身而出，说人是他杀的，问要怎样才能为妲己的弟弟抵命。

钦差说："除非你自己把自己凌迟！"

那个哪吒脱光衣服，举起剑来，把自己的右腿砍下；又抓起右腿，像削木头一般削腿上的肉，在场的人都吓呆了，接着，那个哪吒又把宝剑抹向自己的喉咙。当他倒下去的时候，我眼前的一切都不见了。

惊魂甫定，我发现自己仍然在那间奇异的房间中。我怀疑自己是做了一场梦。神仙说："你刚才看到的不是梦，全是真的。原来那个哪吒死了，但你没死。你不再是一个叫李靖的总兵的儿子，你完全是自由的。"

我当下有了决定：我要报效西岐，参加伐纣的行列，不再做商纣的臣民了。

《台湾时报》，1986年4月16～17日，马义改编

没有海图的海区

曾 建

海斯和霍特是一母所生的亲兄弟，但两人的性格和所走的道路迥然不同。海斯年轻时用功读书，他想多学些知识为人类造福。鉴于核战争的阴影时刻笼罩着人类，他全力投入到放射生物学和实验遗传学的研究中。他花了40年时间，足迹几乎遍及所有的核试验点。近年，在防治核辐射方面取得了突破性进展。

霍特与其胞兄完全相反。在学校不用功，整天沉醉于酗酒、打猎、赌马。他发誓不择手段满足自己的一切欲望。几十年后，他成了黑社会的一个巨头。

霍特得知海斯在科研上获得了巨大的成果，派人传言，要用重金收购海斯的成果。海斯深知其弟的为人，便断然拒绝。

这天，海斯正驾着夫人号科学考察船在海上考察。霍特率手下强行登船，要海斯交出科研成果。海斯坚决不从，并责问："是什么把你变成了一个魔鬼？"

霍特嚎叫道："因为我的血液里毛病。像我这样一个伟人，一年只能接受0.5伦琴的放射效应，而太平洋鼠每小时能接受6000伦琴的轰击。你在这些老鼠身上找到了一种神秘物质，却愚蠢地要把它公之于众。"

海斯说："我这样做是为了千千万万的放射线受害者。"

霍特咆哮："我不允许你这样做！我今天带来的小型氢弹会回答你的，它含有上万种人工合成的放射性元素。我要让地球上的人都和我一样，得坏血病！生怪胎！直至死亡！"

海斯愤怒道："你的阴谋决不会得逞！"海斯向海面望去，发现夫人号已到了一个没有海图的海区。海斯虔诚地祈祷道："'夫人'，我爱你，让我们回家吧——"在海面上漂浮不定的夫人号，陡然震撼了一下，似有一股垂直向下的巨大拉力，迅猛袭来。1999年12月30日，夫人号沉没，船上人员无一生还。

一个月后，救援船将它打捞上来，据调查结果报告：它的沉没，纯属人为所致。在船底装有一台小型超低温制冷设备，可在几分钟内产生绝对零度，使钢板脆化断裂。这台设备由声音控制，在它的电脑里面，发现了一块录有暗语的硅片……

《科学文艺》，1986年第1期，庄秀福改编

我的新朋友

陈 樱

放学回家，我意外地发现小波斯猫卡琪不见了。我四下里寻找，直到天黑，也没有卡琪的踪影，我伤心地哭了。正巧，这天在北京科学城机器人研究所工作的表叔来作客，他听我妈说我喜欢养波斯猫，便奇怪地问我："怎么没见着小猫？"我低下头，很伤心地说卡琪丢失了。表叔说："没关系，表叔送给你一只更好的，不光能干，还会撒娇的小猫。"表叔的话正合我的心意。他是位人工智能专家，是不会说假话的。

过了几天，表叔从北京寄来了玩具猫，一只个头和一般波斯猫差不多大的塑料波斯猫。我望着这只有着晶莹的长毛，眼睛能骨碌碌转，尾巴翘得高高的玩具小猫，它颇像我家原来的波斯猫。可惜这仅是一只玩具猫，不觉叫人失望。当天下午，我看完电影回家，刚到门口，忽听到家里有"喵喵"的猫叫声和小弟弟兴奋的喊叫声。我一下子振作起来，一进门，弟弟就扯着嗓子嚷道："姐姐，

小猫，小猫！"他指着玩具猫说："姐姐，我叫它卡琪，它是会认人的。"说着蹲下身子对玩具猫喊道："卡琪，过来，过来。"玩具猫一听到弟弟的叫声，立刻"喵喵"地叫着奔向弟弟，还摇着那高翘的尾巴。我也和弟弟一样地叫它，它也"喵喵"地叫着跑过来，还机灵地转着大眼睛。弟弟还告诉我，这小猫还有"脑子"，能帮人干活。我决定考考它：拿了六七条五颜六色的花手帕，把其中一条鲜红的交给它瞧了瞧，然后让它看着我把红手帕混入各种手帕中，再放进柜子里。过一会儿，我叫卡琪去找红手帕，不到一分钟，它就将红手帕找了出来。

难道卡琪真有"脑子"吗？我写信给北京的表叔，询问此事。表叔在回信中说："卡琪，其实是一部能走、能跑、能听、能看、能适应环境和有一定逻辑思维能力的'人工智能机'。"信中还寄来了很多照片。我拿起那叠照片，一张一张好奇地看着，有很多机器小动物：老鼠正在矿井嗅瓦斯，甲壳虫正在清扫垃圾，小猫正在放牧，还有和卡琪一样的小猫，正在海关警觉地检查旅客的行李。

我想：自己长大了，也要当一名人工智能专家，研究出更多更好的机器宠物，为人类造福。

《儿童时代》，1987年第4期，李正兴改编

太空奇灾

程 东

"长城号"太空城的剧场里灯火辉煌，舞台上正在演出童话剧《白天鹅》。忽然，轰隆一声巨响，如同闷雷滚过，地板也震动起来。剧场里的红色事故灯一闪一闪，远远近近都响起了警报器的尖叫声。

"不好，出事了！"有人喊道。剧场里顿时忙乱了起来，这时，广播里传出了洪亮的声音："公民们！现在广播太空城管理局的紧急通知：因出现非常事故，请大家停止一切活动，听从太空城管理人员的指挥，迅速进入就近避难所！"

通知一遍又一遍广播着，人们安静了下来，在剧场工作人员的指挥下，我和爸爸随大家沿着标有红色箭头的道路，迅速进入附近一座红白色的圆形建筑物，人员全部进入后，两道密封门便自动关紧了。

我打量着这个避难所，发现它实际上是一座没有窗户的结构坚固的半球形大房子，里面存储有充足的氧气和食品。

究竟发生了什么事？我心里直纳闷。我问："爸爸，是不是发生地震了？"

爸爸说："不是，太空城在离地面几万公里的轨道上运行，地球上不管发生什么自然灾害也影响不到我们。也许是遇到了流星。"

避难所里的广播响了："公民们请注意！现在广播事故通知：第3075号陨星于今天20点35分，从宇宙空间向太空城飞来，在激光武器的拦截下，陨星碎成数块，其中较大的一块与太空城壳体相撞，在AF04区产生了一条裂缝。太空城内的空气正通过裂缝向宇宙空间泄漏。目前，太空城管理局已派出20名抢险队员进行抢修。请公民们保持镇静，等警报解除后再走出避难所。"

避难所墙壁上的大屏幕电视打开了，可以看见抢险队员正在对裂缝进行抢修的情景。不多久，警报解除了。

密封门打开后，人们涌出避难所。太空城内的正常生活重新开始了。

《少年科学》，1987年第9期，庄秀福改编

地球即将爆炸

程培余

莉莉的爸爸、妈妈原先都是W星球驻地球观察站的人员。她与弟弟罗罗都出生在地球观察站。后来妈妈去世了，她才离开爸爸，回W星球接受系统教育。现在，莉莉刚担任助理值班员不久，就突然接到爸爸从地球观察站发来的紧急通知："据测算，由于地球内部的温度剧增，20小时后，地球即将爆炸，我准备实施3号方案，营救地球人，请批准。"

莉莉接到这份报告，简直是手足无措。值班长来了，他对着屏幕上莉莉的爸爸冷静地说："地球及地球人自有形成、成长、发展的过程，也终于有其灭亡的一天。我们的任务只是观察、研究，而不是干预、营救！"

"地球人有6000年文明，有伟大的科学成就。再次请求营救地球人！"

"我们W星人没有义务改变地球人类历史的演变进程！"值班长再次否定了莉莉爸爸的请求。莉莉听到地球即将爆炸的消息，震惊万分。她爱地球，爱地球人，更想念分别多年的爸爸。她用电话通知弟弟罗罗立即准备一架母子飞碟，并做好启动，去地球协助爸爸，营救地球人。

弟弟只有8岁，他不理解地问为什么要乘母子飞碟呢？姐姐告诉他，这是为了预防万一。正说着，值班长发出一束激光，射向母子飞碟，母子飞碟自行分开，五六个子飞碟飞向四处。莉莉脸色苍白，用发抖的手操纵他们乘坐的子飞碟，调整航向，继续向地球飞去。

位于太平洋底的地球观察站中央，站着一位身材魁梧的中年男子，他正是莉莉的爸爸。他眼前的大屏幕上，炽热的岩浆在翻滚、涌动，旁边的温度显示仪上在不断地变动：2425℃、2430℃、2435℃……他知道，地球的正常温度只有1200℃，而现在已达到爆炸的边缘，白色信号灯一闪一闪，离地球爆炸只有30分钟了。他在自动发射装置仪器上连续揿动4个按钮，一枚白色的巨大的制冷导弹冲出海面，呼啸着直刺蓝天，5分钟后将从大西洋深处进入地壳深层爆炸，降低温度800～1000℃，可延缓地球爆炸时间20天，这样地球人可以有时间转移。但意外情况发生了，某国发现了那枚制冷导弹，电子跟踪导弹直追而去，制冷导弹终被击中，一团一团的浓烟弥漫了整个屏幕！

此时，莉莉的飞碟越来越近地球了。她一按动电钮，屏幕上出现了一片平展的草地。远处，有三五座大山在时续时断地喷出熔岩。这是地球即将爆炸的预兆。草地上停放着20多艘载人飞船，许多青年忙碌地分头指挥，成千上万的人群秩序井然地登上飞船。突然，最近处的一座火山又猛然爆发，炽热的熔岩喷泉似地涌出，时间紧迫！

罗罗的眼泪夺眶而出："姐姐，快和爸爸联系呀！"莉莉又按动电钮，屏幕上，爸爸正坐在椅子上。"爸爸！我是莉莉，我是罗罗。我们马上就到观察站了。"爸爸完全清醒了。他看看表，果断地说："你们不要向我靠拢。我的3号方案已经失败了，唯一备用的制冷导弹将从我这儿射入地下。"

"爸爸，您呢？您怎么办？"

爸爸脸上露出坚毅的神色："我的好孩子！你们要继承我的事业，让W星人和地球人的友谊永存！"

屏幕上，爸爸又揿动4个按钮。顿时，一声巨响，一团团烟雾弥漫开来。一会儿，烟雾渐渐散了，海水汹涌而来，屏幕上一片汪洋。莉莉、罗罗用尽全身的力气叫喊："爸爸——爸爸——"

《儿童时代》，1987年第8期，李正兴改编

复印机"病毒"案

冯中平

近来，北京、武汉、广州及其他一些城市的复印机厂，天天收到用户要求修理复印机的报告。厂方派人检查，都没有发现什么问题，但是只要放上复印件，出来的便是一张张全黑的纸。

复印机厂的流水线都是从S国松利公司引进的，生产一直很正

常。这次在这么大的范围内出了问题，到底是什么原因？厂方决定请S国派人来检查。S国松利公司派出一个专家组来到中国。两国专家经过反复验证，认为问题原因在于"病毒"，是有人向复印机里输入了"病毒"。

公安部决定立案侦查。侦破工作进展很顺利。专案组确认是有人在油墨里掺进了一种化合物，凡用这种油墨印刷的书刊，只要一上复印机，便会受到破坏，使复印纸变黑而无法显影。这种化合物正是所要寻找的"病毒"。专案组顺藤摸瓜，查出这种油墨是光汉油墨厂的产品。由于该厂油墨销遍全国，所以"病毒"在各地得以蔓延。

配制油墨的助理工程师叫罗元。由于证据确凿，罗元被逮捕了。在法庭上，罗元对他利用油墨向复印机输入"病毒"一事供认不讳。审判长问："你这样做的动机何在？"

罗元冷笑了一声："报复。"

原来，两年前罗元偶然发现，在油墨中加入含某种微量元素的化合物之后，印刷品上复印机后，会使复印件无法显示文字图像，即有抗复印的性能。他为自己的这项发明申报专利，一年多过去了，无人理睬。他找到有关部门询问，得到的答复是："这玩意儿没有什么用处。"罗元走投无路，一气之下，在所有的油墨中都掺入了"罗元剂"——这是他给自己的产品起的名称。结果，便发生了震惊全国的复印机"病毒"案。

罗元是罪犯，还是发明家？他的行为是破坏，还是过失？控辩双方展开了激烈的辩论。罗元的律师在辩护结束时说："我们在谈到罗元所造成的损失的同时，是不是也应看到他的发明中所包含的财富呢？我们的版权法已颁布多年，至今收效不大，利用复印机偷版、盗印的案件屡屡发生。而借助这项发明，就能有效地制止这种现象。"

最后，审判长宣布辩论结束，允许被告人作最后的陈述。罗元说："也许，不，我一定要找到只抗复印、不损坏复印机的真正的罗元剂来！"全场一片寂静，之后，爆发出一阵热烈的掌声。

不久，许多书籍封底的左上角，都印有一行醒目的标记：本书版权所有，具抗复印性能。

《少年科学》，1987年第5期，庄秀福改编

青春的跌宕

韩　松

我和小明同是大区政府的小职员，我俩是好友。一天，小明悄悄对我说："我们的祖先出生后，经过儿童、青年、成年和老年几个阶段，最后死亡。而我们现在的人，青春后直达死亡，没有了成年和老年这两个阶段，这难道不奇怪吗？"他见我不信，就从床下的箱子里取出几本发黄的古书和一些图片，我看了以后，还是将信将疑。小明说："你加入我们的'反青春同盟'吧。你会知道这一切的。"于是，我成了该同盟的一员。

没有人知道反青春同盟渊源何时。它是一个秘密组织，它的言行是跟当今社会格格不入的。同盟探讨的基本问题是：我们的成年、老年是怎样消失的？我们从资料着手，经过艰辛探索，终于发现了答案，那便是"青春防疫针"。

在现代社会里，小孩儿一满12岁，人人都要注射一针青春防疫针。此针注射后，小孩儿继续生长发育，10年后便停止生长，此后保持青春期的一切体态和心态特征，直至死亡。青春防疫针使我们社会的公民清一色由青年构成。长期以来，没有人怀疑过这种构成的不合理性。

　　反青春同盟的使命便是要揭穿这一骗局，"回归自然人"成了我们的战斗口号，越来越多的人加入到我们的组织中。正当反青春同盟的活动取得重大进展的时候，同盟总部被政府破获，几个领导人被捕。于是同盟转为分散活动。

　　我和小明继续保持联系，一定要继续未竟的事业。我俩孤注一掷，去炸毁了大区的青春防疫中心站，因为那儿藏有400万支针药。第二天我就被捕了。

　　我坚决要求见到"佬"，他是政府的决策者，是我们多年斗争的对手。我被带到一座半地下的宫殿前，进去一看，没想到他是一个老人，有一张干枯起皱的脸，雪白的头发，这是我平生第一次见

到老人。他直截了当地说："你们的'回归自然人'行动完全是胡闹。如果全社会被你们煽动，一时产生那么多的老人，由谁供养？青春防疫针，这真是科学上的奇迹啊！一个人永驻青春有何不好？你看我，年老体弱，浑身是病，无法外出旅游，不能打网球，有什么意思呢？过去因为中年人、老年人太多，所以阻碍了社会发展。于是人们拼命追求青春永驻。青春给人以活力，给人以创造，社会才繁荣起来。"

听了他这番话，我迷糊了，搞不清是他正确，还是我们"反青春同盟"正确。

《科学文艺》，1987年第6期，庄秀福改编

金 牡 丹

黄修纪　　姚惠祺

吉里古巴城的花匠尼尔独家经营金牡丹，然而，发生了一系列奇怪的事情……

尼尔从不卖花，只卖种子，价格昂贵，他卖这些花籽发了大财。可是卖出去的种子一颗也没有成活，因此有人责问："你卖的花籽怎么长不出苗？"

"一定是你们没掌握好种花的技巧，埋得太深或是水浇得太多了。这种花很娇嫩，看来你们都不懂得怎样培育它。"虽然花籽不长苗，可是每天还是有许多人来买。一天，来了一个青年人，肩上还蹲着一只两脚像鸡爪的小猴子。这个青年人买了两粒花籽就走了。

从那天以后，来尼尔家买花籽的人渐渐少了，到后来一个也没有了。"这是怎么一回事？"尼尔发现在他家附近的一棵树干上贴着一张"切莫上当"的纸条，他气得牙齿咬得格格响。尼尔回到自

己的花圃，这里有他的金牡丹，一共20棵。突然，他发现有两朵金牡丹的花瓣被撕去了几片，他低头仔细观察，在地上有几只脚印，像鸡爪那么大。他认定就是那天青年人肩上的猴子的脚印。

尼尔快步走出家门，他要找到那只猴子，找到它的主人。尼尔在路边的梧桐树上发现了那只猴子。他追着猴子，走进了一扇黑色的大铁门，看到四面八方全是花圃，园里培育的金牡丹有十来排近百棵，他看呆了。"原来是你！"尼尔转过身来，正好看见了那天的青年："你种了这么多金牡丹？"尼尔嫉妒地说。

"是的，不过不是你的花籽种出来的。"青年人微笑着回答，"当然，还得感谢你。"青年人说，"这些花还是由你的花得来的。我让那只猴子到你花园里采了几片花瓣，让它们繁殖、生长……"

青年人指着院子中的洋楼，说："这是我的花卉工厂，里面有一套试管育苗的快速繁殖工艺流程，不管什么花草，只要取它一丁点儿的花叶或花瓣，经过花卉工厂，就能像产品一样大量繁殖、生长，开出和原来一样，甚至色、香更浓郁的花朵。这些金牡丹就是你园里的那几片花瓣变出来的……我化验过你卖的花籽，细胞组织全部坏死了。原来你卖的花籽是经过热处理的"。青年人又拿出猴子在尼尔家侦察时所拍下的相片给尼尔看，上面是尼尔家的厨房、锅、花籽、沙子……

"不要把鲜花关在自己的院内，把它献给人们，为人类造福。更不要利用鲜花来骗人钱财。"尼尔被青年人说得低下了头。

数十天后，尼尔看到吉里古巴城到处都是鲜花，这些鲜花中显露着有名的金牡丹。尼尔明白，这些鲜花都来自青年人的花园，他感到很羞愧。不久，尼尔偷偷地离开了吉里古巴城，到别处去住了。

《儿童时代》，1987年第11期，李正兴改编

空　塚

姜亦辛

竺天驾驶着玄女号太空飞行器返航，还有两天将回到地球。

"过来吧，孩子。到我这儿来。"竺天的脑中突然接到一种信息。竺天问："你是谁？在哪里？"

"我是宇宙的意念，我离你648万千米。"

竺天慢慢睡着了。等他醒来时，面前出现了一个比月球大两三倍的雾状体。竺天问："你就是意念？我可以进来吗？"

"是的，我就是意念，你可以进来。"

玄女号飞进雾状体，舷窗外能见度为零。竺天打开扫描器。"停止扫描！"意念突然发出命令。话音未落，扫描器冒了几下火花，被一种"能"烧成了焦炭。玄女号继续驶向云雾深处，竺天发现一个银白色的圆形内核。竺天问："我可以进内核吗？"

"可以，把飞船停在外面。"

竺天把玄女号停在圆核外面，进入内核。他看见许许多多不同粗细的白色非金属管道纵横交错。竺天摸了一下墙，感到有微微的振动。"这频率……是脑活动？这些管道是生命体？"竺天心中想。

"你是生命体吗？"竺天问。

"不是。我是生命形式，但不是生命体。"

竺天听不懂这句话，脸上露出奇怪的表情。竺天又问："你为什么叫我到这儿来？"

"这就是归宿。"那声音答道。

这时一道银白色的光芒飞来，形成一个光环。光环围住了竺天，亮光向他体内渗入，竺天的躯体慢慢淡下去、淡下去，变成半

透明，最后终于消失了。

不久之后，空军基地在竺天失踪的空域发现了玄女号，舱内扫描器完全损坏，竺天不知去向。基地宣布竺天死亡，为他修了一座空坟。

《科学文艺》，1987年第4期，庄秀福改编

终生遗憾

姜云生

我驾着单座太空战斗艇向地球返航。

不久前，我和几个伙伴在火星登陆时，与来自蛇夫座的太阳星的外星人遭遇，双方语言不通，发生激战。我被外星人的蓝光击中下肢，双腿失去知觉。但也有一个外星人被我用超声波麻醉枪击中，成了我的俘虏。

我得赶紧把他送回地球审问。一场恶战后，他们的宇宙战艇飞走了，可是他们此行的用意何在？是不是想先在火星上站住脚跟后再觊觎地球？这一切得马上弄明白。

外星人除了双眼发红光和一张瓢形脸之外，整个体形和我们地球人没多大差别。此刻他还昏迷着，但再过半个小时，麻醉弹失效后，他将恢复知觉，而我的双腿还无法移动，得做好准备。我掏出了怀里的常规手枪。

慢慢地，外星人的脑袋转动了一下，我赶紧打开录音摄像机开关，他睁开双眼，站了起来。"不准动，不然我开枪了！"我对着电脑翻译机喊道，电脑把我的话译成17种宇宙语同时显示在外星人对面的屏幕上。可能外星人没听懂我的话，慢慢向我走来。"不许靠近我，否则我开枪打死你！"我用枪比画着。外星人根本不理

眯，嘴里喊着什么，继续向我走来，从怀里掏出一个亮晶晶的东西——我相信那是他的武器。枪响了，那家伙应声倒下，手中落下一个水晶盒。

返回地球后，我把录音机录下的外星人临死前的喊叫声让电脑破译，原来外星人是在喊："地球人，我们对你们并无恶意，我们的宇宙战舰只是到银河系这一端来探险的。上帝没有赐予我们共同的语言，太可悲了。我死后，请把水晶盒送回我们的星球，我的同类将会把它交给我的家人。"我注视着水晶盒，里面映出外星人活动的全息照片：这个外星人和妻子、女儿在花园中玩耍。

天哪！我打死了一个无辜的人，这是我的耻辱，我将遗恨终生！

《科学文艺》，1987年第3期，庄秀福改编

野人迷踪

焦国力

飞机在夜空中飞行。新战士小刘第一次参加夜间跳伞训练，不料，在降落时遇到了上升气流，没能降落到预定地点，而降落到了一片森林的边缘。

在森林间，小刘意外地发现两个全身长满毛、身高2米以上的野人，正要钻进飞碟里。"飞碟跟野人有关系。那么，野人到底是地球上的动物，还是宇宙中的动物呢？"小刘急于想搞清这个问题，他追了上去，手刚一碰飞碟，似有一股强大的电流把他打翻在地，之后，他什么也不知道了。

部队发现小刘不见了，即派出直升机寻找他。3天后，在森林边的一个小山坡上，他们找到了正在熟睡的小刘，于是把他送到医院。小刘一天后才醒来，但他对3天中发生了什么事，一点也记不起来了。脑细胞专家用一种特殊的新药为小刘治疗，几天后，小刘的记忆完全恢复了。下面是他的回忆：

那天夜里，我被捉上飞碟后就失去了知觉。醒来时，环顾四周，这是一个没有门窗的小房间，我想站起来，但双腿不听使唤。

突然，墙上出现一个门，进来一个穿中山装的小伙子，他的普通话很标准："你好，我叫仆依南，主人派我来为你服务。"

这时，我听到对面的墙壁发出"砰、砰"的响声，就问："那边住着什么人？"仆依南在墙上按了一个开关，墙壁变成透明，我看见了两个野人，正想问个明白，仆依南离开了。

过了一刻钟，仆依南又来了，说："主人让我向你道歉。"他用一个手电筒状的东西，朝我腿部照了两下，我的腿就能动了。

我站了起来，问："能回答我的问题吗？"

他说："可以，主人要我把你送回去，路上时间有限，你得挑紧要的问。"

我问："你是机器人吗？"

他答："是的。"

我又问："为什么把我抓到这儿来？"

他答："不是抓来，而是主人的助手把你请来的，但主人不同意，主人认为我们两星球相互往来的道路还没有铺平，这中间还有许多工作要做，所以现在要送你回去。"

我再问："你们为什么抓走那两个野人呢？"

他答："你们所说的野人，是我们星球上的动物。主人是宇宙动物学家，他在进行一项实验，把它们放在地球上，看看能不能很好地生存。这种动物喜爱生活在绿色的、空气新鲜的环境里，以前它们在地球上生活得很好，可现在，地球环境越来越差，所以主人决定把它们接回我们的星球。"

我正想问他们的星球在哪里，主人是谁，仆依南拿出那手电筒状的东西对我照了一下，我便人事不知了。

《少年科学》，1987年第2期，庄秀福改编

寿 礼

李其舜

外祖父的70岁寿辰到了。近两年外祖父立了一条不成文的家规：每年寿诞，儿女们回家祝寿时，都要以汇报自己一年中事业上的成绩作为寿礼。

妈妈正在为寿礼发愁时，大舅和二舅来到我们家中，当医生的妈妈、在啤酒厂担任工程师的大舅和研究微生物的二舅，各自谈了

自己工作中遇到的难题。大家不免有些担心怎么汇报。

寿诞那天，我们到了外祖父家，今天外祖父格外高兴。当外祖母把酒菜安排妥当后，他老人家首先举杯："来，孩子们，先为我70岁生日时完成的第100项发明干一杯。"干杯之后，大家兴奋地问是什么发明，外祖父却卖起了关子："我先不告诉你们。还是你们先说说这一年各自干了些什么？"

妈妈先开了口："我的科研项目皮肤病微生物防治法，已通过初步鉴定，只是……还有个难题没解决。"

大舅接着说："我们厂的MD牌啤酒已打入国际市场，但是……Y毒素污染问题尚待攻克。"

小舅最后说："我从大自然中分离的抗生菌108，被列为科学院重点项目，就是……还混有其他菌种。"

"哈哈……"外祖父突然一阵大笑，"看你们垂头丧气的样子。其实，搞科研哪能年年都出成果？你们三人工作的进展情况，我早就了解清楚了。现在这些难题我全为你们解决了。"

"您？"我们都惊叫起来。外祖父是著名的物理学家，虽然学识渊博，但怎能帮助三个从事不同工作的儿女同时解决不同学科的难题呢？真令人难以置信。

外祖父见大家不信，他指着桌上三个大纸盒说："这就是我的第100项发明，我给它取的名字是'选择灭菌机'，只要把需要杀灭的微生物的特征、特性数据输入控制系统，它就会自动采用适当剂量的电脉冲、X线、紫外线、磁力、超声波和激光束，将有害的微生物捕获并杀灭，而对其他微生物或生物细胞并无影响。你们拿去试试，三天后告诉我结果。"

一眨眼，三天过去了，外祖父收到的都是成功的喜讯。

《少年科学》，1987年第6期，庄秀福改编

神奇的三色邮包

李其舜

冶金工程师纪灵奉命到太空1705工厂去修复冶金设备的一个小故障。

经过七天七夜的航行，纪灵到达了目的地。他没有休息，立即寻找故障，发现故障不在冶金设备上，而是在动力机械上。于是，他向地面指挥部请示另派机械工程师来修理。但指挥部表示另派人来已不可能，要他自行解决。他认为自己大学学过的机械知识已经忘记，难以胜任。地面指挥部说可以寄一个蓝色邮包来帮助他。

蓝色邮包用光子火箭送到了，里面有一封信。信上说，寄来一种记忆恢复胶囊，可以帮助他记起大学里学过的机械知识。他吞下这种胶囊后，立即进入了梦乡。8小时后，他醒来了，果然对原来已遗忘的机械知识又了如指掌了。依靠这些知识，他很快排除了太空工厂的机械故障。

故障排除后，他原本可以回家。但是当他翻阅生产日志时，突然发现生产量过大，致使动力系统超过了规定负荷，必须赶快使生产量减下来，才能使动力系统不再发生故障。但要做到这点，得用七天时间才行。他又请示地面指挥部再派个人来，以便在七天内轮流值班看机。指挥部再次表示派人来不行，要他坚持七天。他想，七天七夜，不睡觉怎么行？指挥部说会寄来第二个邮包，帮助他解决这一难题。

这次寄来的是红色邮包，邮包里装的是一种减眠针剂，这种针剂可以使人很快进入深睡眠期。注射了这种针剂，一天只需睡2小时。纪灵只好将针剂注入体内，结果真是如此，他在以后的七天内，

每日按时工作22小时，睡觉2小时，顺利地完成了生产任务。

可是，正当他踏上飞船返回地球之时，由于过度疲劳，已无力操纵飞船了。他又向地面指挥部请示，指挥部决定再邮一个绿色邮包来帮助他。然而，不等收到邮包，他已昏了过去。庆幸的是，飞船上的机器人收到了这个绿色邮包，并按指令从中取出了一种带耳机的机器。机器人把耳机戴在纪灵耳朵上，开动机器，纪灵很快醒过来了，原来这种机器是一种声音针灸治疗仪，它可以通过音乐使人神经兴奋，恢复体力。

纪灵感到身体已经康复了，就挺身站了起来，开动飞船，向地球母亲的方向飞去。

《我们爱科学》，1987年第9期，刘音改编

宇宙病毒

李 威 吴 明

史密斯博士是位天文学家，一直在研究地外文明。一天，他从助手拍摄的天文照片上，分析出一颗天外行星将与地球碰撞。为此，他找国防部长研究对策。

国防部长报告了联合国，各国首脑商讨后，决定合作用导弹去摧毁这个天外飞来的祸物。经过国际合作，祸物被炸毁了。人类得救了，但是大多数人不知道，有一片被击碎的行星残块，携带着能置人于死地的病毒，正向地球飞来。

在巴西马卡帕上空，突然出现了一个火球，猛然间，火球爆炸了。这就是那块致命的外行星残块在爆炸。爆炸形成一场"陨石雨"，洒落到地面。接着，一种不明的传染病在巴西东北部蔓延，当地许多人突发高烧、昏厥，以致死亡，连在此演出的一位中国演员也被感染了。

国际救援组织立即赶到现场。史密斯博士等也戴着防护面具赶来调查原因。史密斯博士的好友泰勒博士发现病毒来自一种白色粉末，但不等他验出结果，连他自己都病倒了。

史密斯博士决定亲自接替好友，去化验白色粉末，结果发现这是一种硅氧化合物。在地球上，这种化合物是一种无机物，完全没有生命。可是这种来自外行星的硅氧化合物，在电子显微镜下，竟出现生命状态：它会不断分裂成许多小病毒体；小病毒体长大以后，又会再分裂。每36个小时重复一次。这是一种前所未有的独特的繁殖方式，是地球上任何一种生物都不具备的。

病毒学家威瑞和解剖学女硕士玛格丽特参与了研究，他们发现这种病毒靠空气传播，能很快破坏人的红细胞。它可耐-160℃的低

温和500℃的高温，不怕红外线、紫外线、X射线的照射。人们利用各种手段都制服不了它。难道人类会毁在这种白色粉末之下吗？

病毒继续蔓延。在乌克兰顿巴斯矿区，矿工安德烈也染上了这种病毒。这天晚上，他工作的巷道发生瓦斯爆炸，安德烈真是雪上加霜，又因一氧化碳中了毒。奇怪的是，安德烈被救出后两天，煤气中毒症状消除了，血液中含有的宇宙病毒也消除了。

国际卫生组织得知这一消息后，用大白鼠进行了试验，发现一氧化碳正是宇宙病毒的死敌。于是，一氧化碳治疗剂很快被送到了宇宙病毒感染者治疗室。奇迹——出现，所有病人都很快恢复了健康。宇宙病毒终于被人类征服了！

史密斯博士面对宇宙在深思，他认为宇宙病毒本身具有双重意义：它给人类带来灾难，但又表明地外生命有无的争议终于有了结果。

《我们爱科学》，1987年第1～第4期，刘音改编

剿鼠记

李维明

S地区发生了一次地震。由于预报准确，人们得到了及时疏散。两年后，震情稳定下来，人们准备回S地区，但是发现已经回不去了。因为S地区已成为老鼠的王国。原来，在这两年中，老鼠在没有人工干预的情况下，疯狂繁殖，数量剧增，数不清的老鼠如浪涛一般。

鼠情马上报到省政府，省政府一面请求部队支援，封锁S地区，尽量控制鼠情；另外，又成立了一个剿鼠指挥部。指挥部由自学成才的王成智负责，还有新毕业的大学生李江，司机老黄等人。

王成智接受任务后，立刻查阅资料，了解老鼠的习性以及各种灭鼠方法。几天后，他率领李江和司机老黄去S地区，实地考察鼠情。

三人乘坐一辆吉普车上了路。一路上随处可见老鼠，有的还追踪吉普车。到了县城的一家百货大楼，三人下了车，走进楼内，里面阴森黑暗，到处是灰尘、垃圾，遍地是老鼠屎。正当他们要退出时，突然从柜台下、墙角里、楼上楼下涌出一股股鼠流，向他们冲来。

三人边打边退，赶紧逃到车上，老黄发动车子飞驰，车轮下，血肉飞溅。车子仅开出100多米，不得不停下来，原来轮胎已被老鼠咬破了。老鼠一下子围住了吉普车，车上车下全是老鼠。三人在车子里急忙穿好防护服，王成智开始向车外施放毒气，李江和老黄取出气囊充上了气。气球载着三位勇士离开了鼠国。

回到指挥部，大家研究灭鼠方案，有的提出用毒气、毒药，有的提出用猫，有的提出用"机器鼠"。王成智则提出："我和李江研制了一台次声波发生器，次声波是低于20赫兹的声波，在一定强度下，可破坏动物的神经系统，使之心脏狂跳，血管破裂而死。为防止次声波对人的伤害和破坏建筑物，我们先设法将老鼠诱至远离城市的旷野，随后发出次声波，将老鼠杀死。"大家同意了王成智的方案。

几天以后，飞机飞抵S地区上空，投下几十个大包的食物之后，便离去，地面上的老鼠纷纷向食物扑去。过了半个小时之后，老鼠全部像疯了似的，痉挛起来，不一会儿，就接连死去。

第二天，一辆辆卡车载着死鼠到指定地点焚烧，李江等用机器鼠追杀那些侥幸存活的老鼠。

春天来了，人们返回了久别的家园，S地区又热闹起来。

《少年科学》，1987年第4期，庄秀福改编

奇异的"颠倒草"

刘克非

　　皓皓住的这座古老的北方小城缺水严重，他曾嬉戏过的天涯河只剩下一个干河床，地下水位也低了好几十米。如今，居民们都靠着消防车拉水来过日子。这还不算多大困难，最可气的是那些大工厂，它们每天都通过一座座高耸的烟囱散发出滚滚浓烟：黑的、白的、蓝的。每天晚上，居民们被隆隆的机器声吵得睡不着觉，连皓皓的好梦也被机器声给搅了。

　　一天，皓皓的爸爸带回一只大提包，里面全是米粒大小的红种子，这是爸爸的科研成果。皓皓拿把铲子，跟着爸爸来到公路两旁已荒废的花圃里，爸爸用铲子把种子种下去，又掏出一个绿色的小瓶儿，在土上滴几滴药水。

　　第二天，奇迹出现了。天空晴朗，阳光明媚，空气清新，再也看不到浓烟弥漫，再也听不到机器噪声。大家向烟囱顶一看：浓烟刚出烟囱，就变成缕缕轻烟。噪声仍在车间响着，可一传出厂房，一丁点儿声音都没了。电台在广播："……今天，据自来水公司测定，我市地下水位升高了30米，自来水供应紧张的情况得到缓和。"爸爸带着迷惑的皓皓走在人行道上，皓皓简直不敢相信，他们昨天种的种子竟在花圃中发了芽，长出了叶，一片葱郁。爸爸对皓皓说："你看到了吗？今天早晨发生的事都归功于它啊！"

　　原来这种植物是用苔藓植物和蕨类植物还有水藻植物经过复杂的多次移植才合成的。它靠枝和叶生产营养，而它吸收的正是硫化氢、二氧化碳等烟雾中的有毒物体和成分。它吸收这种成分后，由叶向根输送，在这一过程中，有毒成分变成了植物必需的养料。这种植物的根接受营养后，养料多了，就分泌出许多水分，所以补充了地下水。皓皓不解地问："咱们种它时，为什么要滴药水呢？"爸爸笑了："我滴的不是药水，而是催生剂，一方面让它快长，另一方面是让它提高抗旱、抗污能力。"

这种植物从上而下运输养料，这正和一般植物生长的规律相反，所以叫它"颠倒草"。

《儿童时代》，1987年第9期，李正兴改编

始料不及

刘 耘

某日，J星的一艘运输母船为他们的远疆拓荒队送急救药，在途中货舱炸开了，有一只箱子直奔地球而去。船长命令助手"普通"到地球去一趟，把那箱药找回来。

"普通"驾着飞艇降落到地球。大部分药散落在野地里，"普通"都找了回来。但还是有4盒被三个地球人捡了揣在口袋里，"普通"不好意思去搜身，便将三人一并带回了飞艇。

三人中有一胖一瘦两个妇女，另一个是男子。到了飞艇里，三人还在为那4盒药的归属争吵不休。

"普通"开口了："女士们、先生们，我来自J星，我丢失了4盒药，现在被你们捡去了，请还给我。"

三人见"普通"像个大蜗牛，满脸愚钝，哪及电影中的外星人勇武潇洒，便不怕了。瘦女人说："药是在我们这儿，但你怎么谢我们？"

"普通"不理解道："那你们说怎么办？"

胖女人把飞艇内的设备浏览了一遍，说："你这里的空调机、电视机，还有这座大钟还不错，留下来作为交换吧！"

"普通"心想："这几件东西是我返回J星的必需品，缺了它们，无法回到J星。也罢，地球人如此不讲理，只得使用武力了。"

　　"普通"冷不丁伸出长足，从地球人口袋里抢走了药。药一到手"普通"就去开启发动机，没料到发动机内的润滑油在地球重力的作用下，已经全部流失，飞艇不能起飞了。怎么办？发电报请派救援飞船，最快也得5年，而"普通"在地球上最多只能生存20天。现在唯一的办法是意识转寄：把自己的意识转寄到地球人的大脑中，借他的躯体生存，等待救援。"普通"选中了那男人为转寄目标。

　　"普通"把两个女人关进一室，接上机器，将她们在飞艇上的记忆抹掉了。他又把男人抓进来，做了意识转寄手术。其后，飞艇逐渐解体，化成了尘埃。

　　男人的身躯载着"普通"回到了家里，便有大批记者跟踪采访，"普通"便以"记不得了"来应付搪塞，全城都传说他发了大财。过了几天，"普通"见一女人往家里搬东西，忙问："你是谁？怎么把东西搬到我家来？"

　　那女人冷冷一笑："别装蒜了，我们只是分居，还没有离婚。现在我决定搬回来住。"

　　"普通"怎么也没料到会有这等事，只得装聋作哑。

《科学文艺》，1987年第2期，庄秀福改编

猎犬拉拉

刘　咏

　　著名科学家夏侯雷训练了一条叫拉拉的小狗。在训练前给拉拉

做了必要的生物工程手术，在它身体里移植注入了特殊的物质。现在，拉拉已成为一条特殊的警犬，它的鼻子能从作过案的坏人身上嗅出"贼气""奸气""流气"，这些嫌疑犯就无所遁形。拉拉身上带有无线电摄像讯号器，与公安机关的一个专门监视小组相通，与拉拉相遇的坏人，他的影像会立即出现在监视小组的录像机屏幕上，影像就被录下，存入档案，为破案提供线索。

不久，拉拉做了一件惊人的事，轰动全城。一位年轻的妈妈带着刚会走路的儿子在一家绸缎商店里，只顾自己选买衣料，孩子自己走出店门，跑下人行道，闯入车辆汇成的车流中。正在千钧一发之际，小狗拉拉不知从何处跳出，从背后用嘴叼住孩子的衣服，只一跳，和孩子一起回到人行道上……小狗拉拉的形象在人们的心目中越来越可爱可敬了。那些躲在阴暗角落里，对拉拉怕得要死的人，也更恨拉拉了。

有一天，在去大商场的三条路上，同时出现了三个带着刚会走路的小孩的女人，三个女人都打着一把小花伞，头上裹着一块黑头纱。忽然，走在中间这条路上的女人把搀着孩子的手放了，在孩子的屁股上拍了一下，孩子独自歪歪斜斜地向前冲去，冲进车流中……小狗拉拉来了，它腾空跳过去，从背后用嘴叼住孩子的衣服，再一跳，拉拉和孩子一起回到人行道上。就在这时，那女人把手中的小花伞向拉拉扔去，原来小花伞是一张网，把拉拉紧紧地罩在网里。有三个手拿木棒的蒙面大汉飞奔过去，高举木棒朝拉拉狠命地打下去。只听得"轰"的一声，三根木棒把水泥地打了一个坑。原来当木棒下落时，小狗拉拉一跳冲破网，离地一尺飞走了。

包黑头纱的女人和三个蒙面大汉正惊得发呆时，拉拉又飞回来了。四个歹徒猝不及防，拉拉跳起来先拉掉女人包住头部的黑头纱，露出一个中年女人惊恐万状的面孔；随即拉拉又跳起来拉掉一个大汉的面罩，露出一个留小胡子的凶恶男子的面孔。另两个大汉

见势不妙，扔下手中的木棒转身逃跑，被拉拉追上，面罩被拉掉了。然后，拉拉像平时一样，小跑步左拐右弯，消失在街头。

两天以后，传闻说，公安机关破获了一个很大的犯罪团伙，并且顺藤摸瓜，又接连抓获一些坏人。由于小狗拉拉得到了人们的尊敬，人们送给它一个新的称呼：猎犬拉拉。

夏侯雷在工作室里，又用自己研究的科学新技术在训练新的小狗，专门猎取那些形形色色的披着人皮的蛀虫。

《儿童时代》，1987年第12期，李正兴改编

鸟语词典

刘作理

　　真真和强强是弟兄俩，父母都是鸟类学家。他们家中养了许多鸟，真真用录音机录下各种鸟的叫声。真真能从纷杂的鸟语中，分辨出哪是麻雀在觅食，哪是燕子在捕虫……他躺在床上，如痴如醉地听着，渐渐地，他进入了鸟的世界……

　　那只鹦鹉不知何时挣脱了锁链，在前面飞着，真真和强强在后面紧追，不知不觉被带到一座绿色的岛屿上。他们沿着小路飞奔，"哎呀！"一声惊叫，真真和强强只觉得脚下猛一腾空，掉进了一个深坑。

深坑和一个大石洞相连，他们看见洞口放着一个红匣子，匣盖上刻有许多奇异的花纹。打开匣子，里边有一本书，书中写满他们看不懂的奇怪符号。"只好借助微机了。"真真把那些符号输入微机，顷刻间，荧屏上显出文字："请接收我们火星人的礼物，这是一本《鸟语词典》，它可以把人话化为鸟叫声，同时又能把鸟叫声翻译成人话，有了它，人便可以和鸟类通话了。"

啊，火星人到地球上来探险，留给我们这么珍贵的礼物！鸟儿飞得高，去得远，肯定发现过人类难以发现的东西。真真对强强说："听说英国有个尼斯湖，湖中有尼斯龙，不知尼斯龙是什么动物，明天问问鸟儿去。"

第二天清早，他们把《鸟语词典》上的符号全部输入微机，储存在电脑中，然后带上所有的电子设备出发。他们看见一群鸬鹚，真真打开微机，用鸬鹚语和它们交谈，得知它们来自英国，和尼斯龙是邻居，它们还说，尼斯龙是恐龙的后代。尼斯龙这个世界之谜被揭开了！真真和强强高兴得跳了起来。

告别了鸬鹚，他们又走访了大雁等。他们还见到刚从南极赶来的企鹅，神色慌张，发出惊恐的叫声。真真打开微机，荧屏上显出字来："南极火山爆发，冰原融化，海平面将上升20米，一些岛屿将被淹没。"

这消息使他们大吃一惊，立刻登上一只小舢板，海水开始上涨，一个大浪打来，他们落入海中。

"哥哥，哥哥！"真真猛地睁开眼睛，见强强正站在床前推他，什么《鸟语词典》啦、岛屿啦都化为乌有。

原来，真真做了个奇怪的梦。他多么怀念那本火星人送给他的《鸟语词典》啊！

《少年科学》，1987年第9期，庄秀福改编

101敢死队

鲁肇文

万纳化工厂厂长糜勒坐在海滨度假村的阳台上，怡然自得地摆弄着一只精美小巧的盒子，那是朋友送给他儿子的生日礼物，它是一只"昆虫语言翻译器"的玩具样品。

糜勒漫不经心地揿下一个按钮，玩具屏幕上显示出一片绿叶，绿叶上停着两只头对着头的蝴蝶，同时玩具侧面的小缝里送出打有译文的纸带，原来纸带上是蝴蝶的对话。糜勒不以为然地说："都是胡说八道！"因为他从不相信昆虫有语言。接着，屏幕上出现八九只蜜蜂，从纸带上看它们是在召开内阁会议。糜勒一边摇头一边关掉翻译器，自言自语地说："有人编造了猴语词典、鸟语词典，现在又杜撰出昆虫语言来，真是别出心裁的鬼花样。"

关掉翻译器后，糜勒又感到百无聊赖，于是又打开翻译器来消磨时间。突然，蜜蜂王国的部长的发言吸引了他，大致意思是：最近万纳化工厂86米高的烟囱中飘出一种致畸物质，严重污染了环境，威胁到它们的生存。该厂的厂长是个精明、固执的人，他叫糜勒，估计他不可能自行消除排放的这种致畸物质。看到这里，糜勒的心里不由一跳，"该死！竟然编派到我的头上来了。"他正想把翻译器关掉，却突然想起一件事：在前几天的厂务会议上，总工程师提议，因最近从烟囱中检测到的新污染物太多，应增设一套净化装置，但由于投资太大被他否定掉了。想到这里，糜勒不免有些内疚，目光再次回到纸带上。此时，内阁会议即将结束，决议是：一只虎斑蜂将率100只精壮凶悍、毒力特强的射手，组成一支敢死队，干掉糜勒厂长，其策略是敢死队隐蔽在厂长办公室外面的芭蕉下，同时出动一个军团在厂内骚扰，以吸引糜勒出来观看……看到这里，糜勒心中忐忑不安。

傍晚，晚报上一则并不起眼的社会新闻让糜勒额头上沁出冷汗。晚报的消息是：今天下午，万纳化工厂的上空出现了一大群蜜蜂，它们载歌载舞……看完新闻，他已不再怀疑翻译器所讲内容的真实性，赶紧用颤抖的手拿起电话，命令厂保卫科用高压喷筒和敌敌畏将这些蜜蜂杀死，特别是办公室外面芭蕉树下的蜜蜂。

半小时后，糜勒驱车来到万纳厂，他戴着面罩走出车子，急步走到芭蕉树下，看到地上一大片蜂尸，一数正好101只。其中一只精悍的虎斑蜂，虽已奄奄一息，但一见糜勒，突然挣扎欲起，恶狠

狠地抖了抖翅膀。糜勒赶紧后退一步，脑子里立刻闪过一个念头：赶紧重新考虑总工程师的那份安装净化设备的建议。

《科学画报》，1987年第9期，钱开鲁改编

飞碟一游

骆美燕

今晚，喜欢看星星的小博和文文一同来到小树林的空地上，架好望远镜，两个小朋友轮流观看。忽然，小博喊起来："快看，一颗新星！"文文也看见了，星星在移动着，正在增加亮度。这颗奇怪的星星，越来越亮，越来越近。原来它是一个飞碟，正在急速地向小树林逼近。忽然，飞碟下端伸出一根软软的、长长的鼻子，越来越长，迅速伸到呆呆地站着的小博和文文身边，将他俩卷住，向上缩回去。

小博和文文被卷进漂亮、华丽的房间里。整个房间亮如白昼，但看不到一盏灯，也没有窗户，桌子、椅子都只有一条固定在地上的腿。两个小朋友忽然害怕起来："外星人会不会是些丑陋的动物？"他俩不由自主地紧紧靠在一起。

这时，他们身后传来一个悦耳的女声："小朋友，你们好！"

小博和文文转过身来，面前站着一个高个子阿姨，正笑嘻嘻地看着他们。两个小朋友都松了口气："哦，原来是地球上的人。"

这时阿姨又开口了："一定满脑袋问题吧？来，我们坐着谈。"

小博急匆匆地问："你到底是哪个国家的人，怎么皮肤像我们黄种人呢？"

"我不是地球上的人，是从很远的星系飞来的。"

　　"那你怎么会说我们中国话呢？"文文抢着问。

　　"哦，对我们来说，要学会几种外星球语言是十分轻松的事，再说我并不是第一次到你们地球来。"这时阿姨打了一个手势，只见房间里又走出来一个叔叔，手里端着一盘水果，看来很像地球上的石榴，剥去皮后，露出雪白的果肉，吃在口中酸甜甘美。阿姨又替他们剥着果子，说："地球人的寿命，只应比我们少50年左右，可由于地球人自己对环境的破坏、疾病肆虐、战争不断，使寿命大大缩短。你们地球人要达到我们眼下的水平还要花五六百年。"

文文正要开口再问，阿姨站起身来说："好，时间太长了，你们该回去了。"

叔叔说："我们多次与你们地球人接触，目的是增进了解，为以后友好交往打下基础。可你们中许多人经受不住这种突发事件，惊吓得不知所措。你们觉得我们可怕吗？"

"不可怕！"接着小博和文文又提出要求："能不能带我们上你们那儿去看看？"

阿姨一笑说："能，但你们目前的知识、身体素质都还不行，等你们长大些，我们再来找你们，好吗？"叔叔阿姨把他俩送到房间边上，只见墙壁上露出一个圆洞，两人不由自主地向前移去，只听阿姨在后面说："3年以后，我们再来找你们。"

《儿童时代》，1987年第11期，李正兴改编

代 价

缪 士

一年一度的国际选美节又开始了，代表全世界18个国家的18位佳丽一一登台亮相。当金家女出现在台上时，整个大厅在一瞬间变得明亮起来，她的美艳令全场惊叹、震动。金家女当之无愧地成了本届的和平使者。

我不知道这种神圣的仪式始于何时。很久以前的最后一次世界大战几乎毁灭了我们这个金色的星球，18个国家没剩下多少人口，各种科学研究和生产技术被摧毁得无法恢复。人们畏惧了，不敢也无力再相互厮杀。从此，每年一次由18个国家各挑选一位最聪明、最美丽、最富有献身精神的姑娘参加国际选美节，那位被选中为和平使者的姑娘便走遍世界各国。凡是和平使者走过的国家，这年就

宇宙病毒

没有战争。这不是神话，而是各国的诺言。

金家女在出使各国之前有12天准备和学习的日子，我这个评委会主席兼任她的老师。12天里我们朝夕相处，我俩深深相爱了。我深知她此途的艰险，前几届的和平使者多数没能安全返回。我要和她共挑重担，决心随她一起出使各国。

起初的行程十分顺利，我们已经访问了15个国家，15个国家的总统和百姓都夸金家女是最出色的和平使者。但我知道，剩下的三国才是险途。

我们到了加利国。这里的国民丑陋至极，紫色的皮肤，尖细的五官，四肢却异常肥粗，每个人还长着奇形怪状的肿瘤。这儿的人态度极热情，但却不招待我们吃东西，哪怕是喝一口水。我们实在太渴了，忍不住向总统要求喝点儿水。

总统沉默了一会儿说："不是我不给你们喝，而是不敢给你们喝。我国的人民长得这么丑，完全是食物、水和空气造成的。无论多么美丽的人，只要一呼吸这儿的空气便会……"他说不下去了。

我们只好忍着饥渴离开加利国。在离境时，我不经意地朝金家女望了一下，当即惊呆了，她白皙的皮肤已变成紫色，双唇发乌，眼睛小了一半。

我知道自己往昔的风采也一定会消失殆尽。我俩紧握着双手，无声地哭了。

我们跨进了夕照国的国境。这儿街道整洁宁静，但不繁荣。

我们见到的大多是鸡皮鹤发的龙钟老人，几乎见不到年轻人。夕照国的总统是我们见到的最老的人了，看外貌至少有1000岁了。我们离开夕照国时，互相对望了一下，发现对方都变老了，至少有60岁，头发花白，脸上皱纹交错。这次我们没有哭泣，既然把一切献给了和平事业，外貌变老就不足挂齿了。

最后，我们到了月谷国，接见我们的总统对他妖媚的夫人说：

"别国的报纸把他们吹成是天下第一美女和英俊的情人，没想到是一对又老又丑的丑八怪。"我们心想：这人哪像是总统，倒像是一个杂货铺的小老板。

我们离开总统府，走遍月谷国各地，在经过一个小山村时，已是夜晚了。按惯例，我们敲响了一户人家的门。主人是对年轻夫妇，听我们讲述一路上的见闻。最后他们告诫我们，在经过热湖时一定不能喝那里的水。

我们一定要知道这是为什么，经不住我们苦苦哀求，男主人小声说："热湖水含有一种放射物，是造武器的绝好原料。以前边境打仗，我们全靠它取胜。喝了这种水，人必死无疑。"

亏得他们提醒，我们总算活着回到了祖国。我和金家女相视而笑，在我和她眼中，不会有谁比对方更年轻、美丽的了。

《科学文艺》，1987年第4期，庄秀福改编

卫生健将

秦文君

班里的卫生委员尤小钢站在教室门口，检查每个同学的个人卫生，大家叫他"卫生健将"，他笑哈哈地默认下来。

男同学周正喜欢蹦蹦跳跳，个人卫生总是搞得很糟糕。星期一上午，周正来到学校，尤小钢突然眼前一亮：周正今天光洁得像一只新鲜苹果，衣服、书包、鞋都十分干净。第二天、第三天依然如此。尤小钢甚至发觉自己站在周正旁边时，身上黯淡得很，脏兮兮的。奇怪，他这几天就用掉了一大块香皂，这么拼死拼活地洗，却还比不过周正。

终于，尤小钢别别扭扭地找周正问是怎么一回事。周正咧开嘴

巴，笑笑说："放了学，我领你去一个地方。"

放学后，他俩来到了学校边上的一幢楼房，这是周正爷爷住的一间敞亮的屋子。

这时尤小钢感觉到房间里有一种很轻微的响动，好像很温柔的风吹来吹去，头发和睫毛上都有点痒痒的，但很快就过去了。

周正张着大嘴笑，尤小钢纳闷地瞧瞧他，却发现他那双故意弄脏得像魔爪似的手瞬间就变得无比的清洁，好像刚用肥皂洗了四五遍。那些沾在周正鞋边的小沙粒，一颗颗像长了翅膀似的，轻缓地飞起来，慢慢地飞到房顶那儿，突然消失了，像被什么东西吞下去了。

"这下，你可真成卫生健将了。"周正说。

尤小钢急忙跑到镜子前一瞧，果然，他是那么容光焕发，连睫毛都比往日黑亮。他伸出手一看，嵌在指甲里的一点点铅芯灰也无影无踪了。再东看西瞧，发觉平日那块专带着擦皮鞋的旧毛巾也白崭崭的干净得可以洗脸了。

"这是怎么一回事！进门不到一分钟，人比关在家里洗了一天一夜还干净。"尤小钢在疑心地嘀咕着……

"喂，别傻了。这是科学的力量。"周正说。

尤小钢仰脸看着，发觉这房顶是平平的，中央有一个小小的漆成深色的圆形图案。周正说，那上头装了一个巨大的吸尘器，圆形的图案是一个吸盘，将尘土吸去存在那里。"这可真妙，要是每家装一个该多好！"

"会的，这是我爷爷刚研制出来的，还在试验阶段，"周正说，"它还没有名字呢！"

尤小钢不假思索地说："叫它'卫生健将'吧。"

过了没几天，周正不再那么突出的干净了。尤小钢问："那台卫生健将出了什么问题吗？怎么不叫爷爷修修。"

"爷爷将它拆了，送到托儿所去了，说先让给不会搞个人卫生

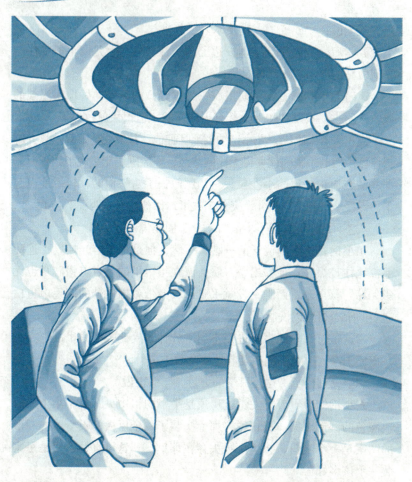

的娃娃。"

　　这以后，周正的个人卫生一直在中等水平，大家曾夸奖他大变样了，他不好意思让大家失望，一天一天的，习惯也就成自然了。尤小钢还是那么严严谨谨，清清洁洁，每当大家叫他卫生健将时，他不像过去那么兴高采烈，而是实心实意地说："不敢当，不敢当。"

　　　　　　　　　　　　《儿童时代》，1987年第10期，李正兴改编

蓝　屋

王新志

一天傍晚，古镇小学五年级学生唐贝贝，在放学回家的路上，看到有一个像平顶小屋的蓝色飞行物，正缓缓向他飞来。这飞行物底下有轮子，四周有门、有窗户，它停落在贝贝面前。"你好！"

贝贝吃了一惊，他不知道什么人在同他说话。

"我可以知道你的名字吗？"

"我叫贝贝。你叫什么名字？"

"我叫小模糊。我不能出去，如你乐意的话，请到屋里来。"

贝贝跨进了蓝屋。奇怪，屋里没人，只有沙发、圆桌和单人床。"小模糊，你在哪儿？"

"我在你身边，请坐。"这声音像是从屋顶的一排圆孔中发出来的。"你想不想吃点什么？""啪"的一声，在圆桌边凸出的墙上打开了一个小门，一杯牛奶和一盘蛋糕缓缓移到贝贝面前。

贝贝吃完后，小模糊打开了电视……

第二天早晨，贝贝突然想到昨晚妈妈没找到他一定很着急，便忙问："小模糊，你能飞吗？"

"当然能。"

贝贝写了一张纸条装进书包里，便随蓝屋飞到空中。纸条上写着："妈妈、李老师：我遇上了神奇的小模糊，请不要为我担心。贝贝。"

蓝屋飞到了学校的上空，转了几圈。校园内到处都是学生，所有的人都抬头仰望天空，惊奇地看着这陌生的蓝色飞行物。

贝贝站在门口向下高喊："刘伟、张全，把我的书包交给李老师。"他刚把书包丢下去，蓝屋就迅速飞回到高空。

贝贝想，现在应该想办法让小模糊出来了。"小模糊，你出来一下好不好？"

"对不起，我不能出去。"

贝贝突然看见电视屏幕下面的几个彩色按钮，就揿了一下红色按钮，喇叭里传出了一阵怪叫声。他又忙揿了一下绿色的按钮，怪叫声立即停止。贝贝马上发现情况更不妙了，蓝屋飞到高空后，疾速向北飞去。贝贝吓坏了，他喊小模糊，没人理他。

几小时过去了，贝贝发现蓝屋正在下降。他透过窗户向下一看，天安门！蓝屋把他带到北京来啦。蓝屋在一个工厂里降落下来，许多人一下子围了上来，其中还有外国人。"欢迎你，贝贝。"

"你们怎么知道我叫贝贝？是小模糊告诉我们的呀。"一位戴眼镜的叔叔说。

"叔叔，小模糊到底是什么样子？"

戴眼镜的叔叔笑了，他指着蓝屋说："这就是小模糊。它是我国长城机器人总公司同日本、德国的两家电子公司联合研制的'智能屋'。"

原来，智能屋是根据模糊逻辑的原理制造的，因而叫它"小模糊"。它只要同主人相处一段时间，就能摸透主人的习惯和脾气，更有效地为人们服务哩。智能屋在这次预定的实验中，成功地把贝贝请到了北京。

《儿童时代》，1987年第12期，李正兴改编

中子流袭击地球

魏雅华

在距地球140亿光年的太空，有个β星球。在地球处于冰川期时，有一群地球人乘14艘飞船逃向β星球，最后只有2艘飞船，共42人活着抵达这里，他们就成了β星球人的祖先。

出于对地球人命运的关心，β星球每六年要召开一次"地球战略研讨会"。今天会议又开幕了，560岁高龄的秘书长伦克上台发言。他说："我来谈谈地球上最近发生了什么。"他按了一下遥控器，巨大的环形银幕上出现了银河、太阳系、地球。"这就是我们的老家，我们遗弃了的地球。20世纪，地球上出现三大危机：人口爆炸、能源枯竭和环境污染，其中核心问题是人口爆炸，正是基于对这样的形势估计，我们才给出生率最高的非洲送去了艾滋病……"

台下顿时骚动起来，有人大声责问："你不是说，那是一次偶然的、意外的、未能及时发现的事故造成的吗？"伦克无言以对。接着代表们纷纷发言，以大量的事实说明艾滋病给人类带来巨大的灾难，强烈谴责有意传播艾滋病的行径。有人提出："伦克教授，你应该引咎辞职。"全场鼓掌响应。秘书长伦克低头走下了台。

接着，李德尔博士上台发言。"我着重谈地球人对超导体的研究状况。在19世纪，地球人就注意到了电阻随温度下降而下降的趋势，到了20世纪初，制冷技术有了飞跃发展，1911年荷兰物理学家翁内斯发现在−269℃时，汞的电阻为零。这就是超导现象，这是一个划时代的发现。到80年代，地球人发现越来越多的超导体，并且发现越来越接近常温的超导体。因此，我可以断言，地球人获得常温超导体是指日可待的事。"

有人在台下问："你能否预想常温超导出现后的地球？"

李德尔微笑着说："打个比方说，如果说常温超导出现前是石器时代，那么常温超导出现后地球将进入铁器时代。到了那一天，人们会发现他们原先视为最先进的设备不过是原始人的石器；每秒运算1亿次的计算机慢得像蜗牛；用超导体做出的磁悬浮有轨机车横贯欧亚大陆只要60分钟。人们会发现，地球变小了，自己身轻如燕了。什么人口爆炸、能源枯竭、环境污染，一切问题将迎刃而解。这就是我的'地球战略'。"

大厅里顿时爆发出一阵暴风雨般的掌声——这是对新"地球战略"的赞同和拥护。他们毕竟曾是地球人，思乡之情，难以泯灭啊！

《科学文艺》，1987年第5期，庄秀福改编